싸우는 소년

오문세 장편소설

문학동네

차례

쌓아

00

[ ]

이렇게 시작한다.

내가 응급실에서 눈을 뜨던 순간 보았던 문구로. 무슨 경전에 나오는 말씀이나 위인들의 그럴듯한 명언 같은 게 아니었다. 그냥 단순한 문장이었을 뿐이다. 시간이 조금 지난 뒤에 곰곰이 생각해 봤지만 역시 그건 환자가 쓴 글자는 아니었을 거라는 결론이 나왔다. 그러나 마찬가지의 절박한 심정으로 하나하나 똑바르게 새겨 넣었다는 느낌이 들었다. 그건 그러니까, 병원에서 걸어 놓은 액자에 적힌 글은 아니었다는 소리다. 누군가 날카로운 것으로 벽을 긁어 만든 낙서였다.

아빠는 별다른 말이 없었지만 엄마는 퉁퉁 부은 눈으로 다시 눈물을 쏟아서 나를 심란하게 만들었다. 이게 대체 무슨 일이니? 하고 백 번쯤 말했고 그래도 무사해서 다행이다, 하고 백 번쯤 더 말했다. 나는 말을 할 수 없는 상태였기 때문에 눈을 깜빡이거나 지지대에 걸린 발을 까딱이면서 엄마를 안심시켰다. 끔찍한 고통이 있었지만 엄마가 웃는 걸 보면 참을 만했다.

도로에서 나를 치고 도망간 그 불쌍한 새끼는 얼마 되지 않아 붙잡혔다고 들었다. 명백한 뺑소니였고 처벌을 받게 될 거라는 이야기가 있었다. 나는 그렇게까지 할 필요 없다고 말하려 했지만 그럴 수가 없었다. 머리부터 턱 끝까지 빌어먹을 붕대로 꽁꽁 감아 놓은 데다가 목에 깁스까지 둘러 놔서 의사를 전달할 방법이 없었기 때문이다. 그렇다고 팔이나 다리를 움직이기도 곤란한 상황이었다. 언제쯤 애가 말이라도 할 수 있겠습니까, 하고 아빠가 묻자 의사는 이 개월 안에, 하고 장담했다. 엄마는 이 개월이나? 하고 물었다. 나는 이 개월이면, 하고 생각했다. 핑계를 대려는 건 아니지만 아무튼 상황이 그랬다는 거다.

다들 사고라고 생각하는 모양이다. 엄마는 교복이 엉망이었다고 했다. 그뿐이다.

교복 안주머니에는 한 번도 뜯어 보지 않은 유서가 있다. 나는 자포자기의 심정으로 도로에 뛰어들었다. 왜 아무도 차에 치인 고등학생의 교복 안주머니를 뒤져 볼 생각은 하지 않는지 궁금하다. 실례라고 생각하는 걸까. 그게 아니면 내 예상대로 이 좆같은 나라의 인간들은 남의 좆같은 인생에 좆같이 관심이 없는 것이다.

머리를 심하게 다쳐서 CT인지 뭔지 하는 걸 오천 번은 찍었다. 다행히 뇌출혈의 징후는 보이지 않는다고 했다. 기억에는 이상이 없습니까? 의사가 병신 같은 질문을 했고 나는 고개를 끄덕였다. 의사는 머리에 그 정도의 충격을 받으면 간혹 일시적으로 기억상실이 오는 경우도 있다며 겁을 주었다. 쓸데없이 친절한 사람이었다. 괜히 엄마의 걱정거리만 더 늘었을 뿐이다. 내 머리는 투명한 유리창보다 더 선명했다. 그 뒤로 의사는 엄마와 함께 내 개인 신상에 대한 터무니없는 질문을 몇 가지 했고 나는 별로 힘들이지 않고 정확한 대답을 내놓았다.

더 나빠질 게 없어서 더 나빠지지는 않았다. 나는 병원에 식물인간처럼 누워 링거를 맞고 엄마가 소리 내어 읽어 주는 듣기 싫은 교양 도서의 문장을 들으며 시간을 보냈다. 어찌 됐든 학교에 나가는 것보다는 나았다. 많이 아플 땐 마음속으로 천천히 숫자를 세 봐. 그러다 보면 진정이 될 거야. 엄마의 말대로 몇 번 숫자를 세 본 적이 있다. 그러나 잠이 오지 않는 밤의 고통은 숫자가 아니라 모르핀이 해결해 줬다.

이십사 시간 내내 엄마가 내 옆에 붙어 있지는 못했다. 아빠가 꾸려 놓은 작은 사출 공장은 일하는 사람이 늘 부족해서 엄마가 거들지 않으면 운영이 되지 않았다. 내가 사고를 당한 뒤 공장에서는 주요 거래처들의 납품 기한을 몇 번 넘겼다. 그것만 해도 큰 일이었다. 아빠는 내키지 않는 눈치였지만 결국 엄마가 없으면 일이 되지 않는다는 걸 인정했다.

엄마는 일을 나가면서도 울었다. 나는 엄마의 눈물을 보는 게 싫어서 더는 여기 오지 않아도 괜찮다고 말해 주고 싶었다. 글이라도 쓸 수 있었으면 그렇게 썼을 거다. 평소에는 말을 별로 많이 하지 않는데 막상 이렇게 되고 보니까 하고 싶은 말이 썩어 넘쳤다. 인생은 생각할수록 불공평한 것이다.

입원하고 한 달 정도 지났을 무렵 같은 반 아이들 몇 명이 문병을 왔다. 반장인 양아영의 얼굴을 보는 건 좋았다. 예쁘게 생겼으니까. 담임한테 끌려왔을 게 뻔한 강준혁의 낯짝을 보는 건 전혀 다른 문제였다. 나는 속이 뒤틀리는 걸 참으며 애써 태연한 표정을 지었다. 담임은 얼마나 힘이 드냐, 못 나간 진도는 반장을 시켜서 병원에서 메꿀 수 있도록 하겠다, 다들 널 보고 싶어 한다, 라고 정신 나간 소리를 했다. 그리고 뭐라고 더 이야기를 한 거 같은데 흘려들어서 기억이 나지 않는다. 양아영은 내내 입을 다물고 있었다. 얼굴만 예쁘지 속은 다른 아이들과 똑같이 시커먼 계집애였다.

그리고 강준혁. 안승범의 똘마니나 다름없는 그 개새끼는 담임이 잠깐 자리를 비운 틈을 타 내게 귓속말을 했다. 전부 네 잘못이라는 거 알지, 이 병신 새끼야. 나보다는 내 몸이 먼저 반응

했다. 나는 부들부들 떨다가 발작을 했고 수 간호사가 문병 온 사람들을 바깥으로 몰아냈다. 엄마는 병간호 때문에 밀린 공장 일을 끝내는 중이라 자리에 없었다. 나는 억지로 손을 들어 휘저으며 엄마에게 굳이 연락하지 않아도 된다고 알렸다. 수 간호사는 가만히 누워서 쉬면 괜찮아질 거라고 말하고는 밖으로 나갔다. 절대안정, 이라는 표가 붙고 아무도 나에게 말을 걸지 않았다. 아프고 쪽팔리고 외로운 시간이 왔다. 그래도 괜찮은 부분이 있다면 내가 이런 시간에는 이미 익숙하다는 점이다.

의사가 장담했던 대로 이 개월이 지나서 몸을 조금씩 움직일 수 있었다. 간호사는 링거를 떼어 갔다. 이제부터는 턱을 움직여서 음식물을 씹어 넘겨야 한다고 했다. 나는 먹은 걸 죄다 토했다. 아무리 참으려고 해도 소용없었다. 엄마는 어쩔 줄 몰라 했다. 한동안은 세 끼에 한 번 정도 그런 일이 벌어졌다. 병원 밥은 끔찍하게 맛이 없었다. 그래도 그게 맛이 없어서 토해 낸 건 아니다.

말을 할 수 있게 되면서 병원의 다른 사람들과 가끔 대화를 나누는 일이 있었다. 가장 먼저 친해진 사람은 산이 누나다. 이런저런 용무로 복도를 오가는 중에 여러 번 마주쳐서 얼굴은 이미 알고 있었다. 화장실에 들어가다가 휠체어 바퀴가 문틈에 끼어 꼼짝 못하게 된 걸 마침 근처에 있던 누나가 도와줬다. 그 뒤로 산이 누나는 종종 우리 병실에 놀러 와서 다른 사람들과도 스스럼

없이 지냈다. 붙임성이 좋은 사람이었다.

산이 누나는 아마추어 권투 선수고 나처럼 차에 치인 환자였다. 이제 막 데뷔하기 위해 준비를 하던 중에 사고를 당했다고 했다. 겉보기에는 권투 선수처럼 보이지 않았다. 그래서 그렇게 말했더니 그럼 뭐가 권투 선수처럼 보인다는 거야? 하고 물었다. 나는 좀 더 근육이 붙고 덩치가 큰, 까지 말했다가 누나가 쏘아보내는 눈빛에 두드려 맞고 입을 다물었다.

산이 누나 다음으로 친해진 사람은 같은 병실을 쓰는 박 할아버지인데, 어쩌면 나 혼자 친하다고 생각하는 걸 수도 있다. 반쯤은 정신을 놓고 사는 할아버지였다. 아침저녁으로 회진 나오는 의사가 정해진 수순처럼 박 할아버지에게 몸은 좀 어떠세요, 하고 물으면 박 할아버지 역시 정해진 수순처럼 의사에게 안 좋아, 하고 대답한다. 그걸 보는 게 재미있었다. 몇 번을 봐도 질리지 않았다.

박 할아버지는 가끔 갑자기 생각난 것처럼 나에게 바보 같은 질문을 했다. 병원 침대는 왜 이렇게 딱딱해? 라든가 TV는 왜 네모 모양이야? 같은. 나는 박 할아버지의 바보 같은 질문들에 그럴듯한 설명을 붙여 주기 위해 애썼다. 그러면 할아버지는 가만히 앉아서 내가 하는 말을 끝까지 들어 주었다. 자기보다 어린 사람의 말을 그렇게 진지하게 듣는 사람은 흔치 않다. 그것만으로도 내가 좋아할 이유가 충분한 사람이다.

박 할아버지의 옆에서 간병 일을 하는 아줌마는 도도새라는 필명을 쓰는 그림책 작가라며 자신을 소개했다. 본명은 김삼순이고, 먹고살기 힘들어서 이쪽 일을 따로 구했다고 한다. 도도새 아줌마의 말로는 본인이 나름 유명한 그림책 작가라는데 나는 한 번도 들어 본 적이 없다. 가끔 여기저기 널린 냅킨이나 서류 귀퉁이에 그리는 걸 보면 온통 새만 날아다니고 있어서 다른 건 그릴 줄 모르는 게 아닌가 하는 의혹이 들었다.

도도새 아줌마는 나랑 친하다기보다 우리 엄마랑 더 가까웠다. 내 상태가 반쯤 죽은 미라에서 그래도 숨은 붙은 고등학생 정도로 호전되자, 엄마는 병원에 와서 날 보는 것보다 도도새 아줌마와 수다를 떠는 데 더 긴 시간을 보냈다. 널 보면 우리 딸 생각이 난다, 하고 아줌마가 말했다. 어찌나 붙임성이 좋은 앤지 몰라. 인기도 많고. 이렇게 말하는 걸 보면 도도새 아줌마는 나에 대해서 하나도 모르고 있다. 하긴 그건 엄마도 마찬가지니까.

재활 훈련은 길고 고통스러웠다. 의사는 심각한 사고였지만 아직 어린 나이라 완전히 망가지는 부분은 없을 거라고 했다. 아빠는 작게 한숨을 쉬었고 엄마는 눈시울을 붉혔다. 두 분 다 의사의 말을 듣고 한시름 놓은 듯했다.

나는 열심히 몸을 움직였다. 다시 죽을 생각은 없었다. 도로 위에 섰을 때 나는 아무도 생각하지 않았다. 오직 나만 생각했다. 그런 이기적인 새끼였다. 트럭에 치여서 공중을 날 때야 퍼뜩 엄마의 커다랗게 흔들리는 눈동자가 떠올랐다. 아빠의 깊게 파인 이마 주름도. 다시 그런 짓을 하고 싶지는 않다.

한 가지 다행스러운 건 학교에서 더 이상 생색내기 식의 문병을 오지 않았다는 것이다. 처음에 그토록 지랄을 해 놨으니 오고 싶어도 못 오는 게 당연하다. 나는 가끔 서찬희 생각을 했다. 서찬희, 그 멍청한 새끼.

우리는 친구였다. 친구였다, 하고 말할 수밖에 없는 이유는 더 이상 녀석이 나와 아무런 사이도 아니었기 때문이다. 서찬희는 내 짝이었다. 학기 초에 게임에 대한 이야기를 나누면서 친해졌다. 나도 서찬희도 게임을 하거나 영화를 보는 게 취미였다. 대화를 할수록 서로 비슷하다는 생각이 들었다. 그러나 서찬희는 안승범에게 찍혀 괴롭힘을 당하기 시작하면서 나와 조금씩 멀어졌다. 나는 서찬희가 의도적으로 사람들과 거리를 두고 있다는 걸 알았다. 바보 같은 자식이었다.

가끔 이른 오후에 깜빡 잠을 자며 꿈을 꾸었다. 잠에서 깨면 어떤 꿈을 꿨는지 하나도 기억이 나지 않았다. 병실에 놀러 와 있던 산이 누나는 무슨 애가 욕을 그렇게 구성지게 하냐면서 깔깔 웃었다. 내가 뭐라고 했는지 물어보면 일부러 내 반응을 즐기려고 대답해 주지 않았다. 박 할아버지는 넋을 놓고 사는 사람이니까 아무래도 좋았고, 도도새 아줌마나 다른 사람들에게는 물어보기가 겁났다. 새벽까지 공장 일을 하는 엄마는 낮에 와서 잠깐

씩 잠을 잤다. 내가 욕하는 걸 엄마가 들었다면 다리몽둥이가 부러졌을 거다. 이미 여러 군데 부러지기는 했지만 안 부러진 곳을 골라서 부러뜨릴 수는 있으니까.

재활 훈련 때문에 엉망이 된 몸을 끌고 복도를 걷다가 권투는 어떻게 배워요? 하고 물어본 적이 있다. 산이 누나는 그냥 배워, 하고 대충 흘렸다. 나는 기회를 봐서 다시 한번 권투 있잖아요, 누나는 어떻게 시작했어요? 하고 물었다. 그냥 때려 주고 싶은 애가 있어서 시작했어. 산이 누나는 귀찮다는 투로 이렇게 대답했다. 나는 누나의 성의 없는 대답이 마음에 들었다.

별로 어려운 건 아니야. 대신 좀 지겹지. 맨날 5킬로미터를 넘게 뛰고 수백 번, 수천 번 똑같은 자세로 주먹을 내지르고 그래야 돼. 줄넘기는 기본이고. 시작할 때는 힘들지만 나중에는 습관처럼 하게 되는 거야. 숨 쉬는 것처럼.

나는 산이 누나의 설명을 귀담아들었다. 왜, 권투 선수라도 하려고? 누나가 물었다. 나는 고개를 저었다. 거짓말이 아니었다. 정말로 권투 선수 같은 걸 할 생각은 없었으니까. 나는 다른 걸 할 계획이었다. 아직은 어렴풋이 생각만 하는 단계라서 구체적으로 무엇을 할 건지에 대한 확신은 없었지만 분명히 계획이 있었다. 그러나 그것도 우선은 몸이 마음대로 움직여야 가능한 일이었다.

입원 기간이 길어지면서 진통제 처방이 점점 줄었고 그러자 억지로 눌러놓고 있던 고통이 한꺼번에 몰려들었다. 치료가 끝나고 침대 위에 누우면 잠이 올 때까지 또렷한 고통 속에 몸을 뒤척여야 했다. 내가 할 수 있는 일이라고는 과거를 곱씹으며 앞으로 무엇을 할 건지 가늠해 보는 것 정도였다.

시간이라면 얼마든지 있었다.

01
규칙 없는 싸움

담임은 약속을 지켰다. 거지 같은 문병이 있은 후 두 달 만이었고 입원한 지 삼 개월이 지나가던 때였다. 여름방학이 끝난 직후에 양아영이 그동안의 수업 내용을 요약한 노트를 세 권 들고 병실에 찾아왔다. 나는 마침 재활 훈련을 하는 중이라 놀러 와 있던 산이 누나가 대신 양아영을 맞이했다.

양아영이 누나에게 노트를 떠맡기고 싸가지 없게 내 얼굴도 안 보고 가려는 걸 도도새 아줌마가 말렸다. 조금 있으면 돌아올 테니 이야기라도 나누다가 가라고 권했단다. 어른들에게는 예의 바르고 착한 학생처럼 보이고 싶어 하는 양아영은 도도새 아줌마의 말을 따랐다. 그래서 내가 차라리 차에 한 번 더 치이는 게 낫겠다고 생각하며 녹초가 되어 돌아왔을 때 양아영은 내 침대 위에 앉아 나를 기다리는 중이었다.

"어, 안녕." 이게 내가 양아영에게 건넨 말이다.

"응, 안녕." 그리고 이게 양아영의 대답이고.

병실 사람들의 시선이 온통 우리에게 집중되어 있는 걸 알 수 있었다. 무슨 싸구려 청춘 드라마라도 한 편 관람하듯 다들 입을 다물고 뚫어져라 양아영과 나를 지켜보고 있다. 나는 양아영에게 "목마르지 않아? 음료수라도 마실까?" 하고 별로 권하고 싶지도 않은 걸 권하면서 복도로 나왔다. 공부만 잘하지 사실 멍청하기 짝이 없는 양아영은 "목 안 마른데." 하면서 따라 나온다.

"여긴 어쩐 일이야?"

필요 없다고 한사코 거절하는데도 엄마가 주머니에 쑤셔 넣고 간 지폐를 꺼내며 묻는다. 양아영은 어색하게 서서 "선생님이 시켜서 온 거야. 오해하지 마." 하고 안 해도 될 소리를 했다. 나도 역시 "알고 있어." 하고 안 해도 될 소리를 하며 음료수를 두 개 뽑는다.

"많이 아파?"

내가 내미는 음료수 캔을 받아 들며 양아영이 물었다.

"왜? 갑자기 그게 궁금해졌어?"

나도 모르게 퉁명스러운 투로 내뱉는다. 양아영은 이런 반응이 나올 거라고는 예상하지 못했는지 당황한 표정을 지었다. 이게 아닌데, 하는 후회가 들었지만 곧 시치미를 떼고 양아영과 뻔뻔스럽게 마주 본다.

"나는 궁금해하면 안 돼?"

조금 뒤에 양아영이 화를 누르는 목소리로 묻는다. 나는 어깨를 으쓱해 보였다.

"너무 애쓰지 마. 어차피 너는 남이 어떻게 되든 별로 관심 없을 거 아냐."

말을 하면서도 조금 지나친 게 아닌가 싶어 슬쩍 양아영의 얼굴을 살피다가 심장이 멎을 뻔했다. 싸늘하게 굳은 눈동자가 이쪽을 정면으로 파고들었다. 여자가 저런 표정으로 사람을 쏘아보면 잘못한 게 없어도 스스로 수갑을 차고 감옥에 들어가야만 할 것 같은 기분이 들었다. 엄마가 가끔 이런 식으로 나를 압박하곤 했던 것이다. 이게 다 엄마 탓이다.

나는 가시라도 집어삼킨 것처럼 멍청하게 서 있다. 억만년같이 느껴지는 십여 초가 지나간 후에 양아영이 천천히 입을 열었다. 냉기로 가득한 입 안에서 얼음 조각이 우수수 쏟아져 나온다.

"수업 진도 밀린 거, 정리해서 침대 위에 올려놨어. 거기 내 전화번호도 있으니까 궁금한 거 있으면 전화해. 되도록 안 해 줬으면 하는데, 그래도 전화할 거면 시간대를 잘 봐서 해 줬으면 좋겠어. 수업 시간이나 학원 나가 있을 때는 안 돼. 아마 밤 10시부터 11시까지만 가능할 거야. 정말 궁금해서 도저히 안 되겠다 싶을 때만 전화해. 이해했어?"

뭘 이해해야 되는지 모르겠지만 나는 일단 "이해했어." 하고 대답한다. 그렇게 대답하지 않으면 양아영이 눈에서 레이저라도 쏠 기세였다.

양아영은 그대로 가 버릴 것처럼 세차게 돌아섰다가 뭔가 생각난 듯 멈춰 서더니 이쪽을 보고 내가 뽑아 준 음료수 캔을 내밀었다.

"도로 가져가. 준 거는 고마운데 난 무탄산만 마시거든."

양아영은 내가 음료수를 받자 기다렸다는 듯 뒤로 돌아서 종종걸음으로 빠르게 사라졌다.

병실에 들어와 마시지 않은 음료수 캔 두 개를 내려놓고 양아영이 두고 간 노트를 대충 넘겨 본다. 산이 누나는 "왜 벌써 와? 예쁜 여자애랑 할 말이 없어?" 하고 열불 터지는 소리를 했다. 나는 "이거나 마셔요." 하고 양아영이 돌려준 음료수를 던졌다.

산이 누나는 군것질이라면 사양하는 법이 없나. 볼 때마다 손에 먹을 걸 들고 돌아다녔다. 벌써 퇴원해도 이상하지 않은 사람이 아직까지 여기 있는 걸 보면 그런 행동이 회복에 전혀 도움이 되지 않았던 게 분명하다.

"아가씨가 참하더라."

여느 때처럼 냅킨에 낙서를 하던 도도새 아줌마가 말했다. 나는 아가씨라는 게 누구를 가리키는 말인지 몰라 잠깐 어리둥절하다가 이렇게 대꾸한다.

"열일곱밖에 안 먹은 애가 무슨 아가씨예요?"

"여자 나이 열일곱이면 아가씨지. 왜, 너도 총각이라고 불러 줘?"

"이십 년 뒤에요."

그러자 가만히 있던 박 할아버지가 대뜸 입을 열었다.

"이십 년 뒤에도 꼬맹이는 꼬맹이야."

병실 안에 있던 사람들이 다 같이 놀라 박 할아버지를 본다.

"뭐라고요 할아버지?"

산이 누나가 대표로 묻는다. 박 할아버지는 다시 한번 똑같은 말을 했다.

"이십 년 뒤에도 꼬맹이는 꼬맹이라고."

그러고는 입을 다문다. 하루 종일 침묵 속에 수련하듯 하던 사람이 오랜만에 꺼낸 게 이따위 쓸데없는 말이라니 좀 서글프다.

"너 걔한테 관심 없어? 걔는 너한테 관심 있는 거 같던데."

할아버지와 달리 하루 종일 쓸데없는 말만 줄기차게 쏟아 내는 산이 누나가 또 쓸데없는 말을 했다. 나는 "다음 생에도, 그다음 생에도, 그그다음 생에도 그럴 일은 없습니다." 하고 대답하고는 자리에 드러누워서 양아영이 주고 간 노트를 사물함 위에 대충 던져 놓는다. 전화 시간대가 뭐가 어쩌고 어째? 무인도에 갇혀서 연락할 사람이 너 하나뿐이라고 해도 안 한다. 망할 계집애.

잠시 뒤 나온 저녁밥은 전에 먹던 것과 마찬가지로 세상의 다른 저녁밥들에게 이걸 저녁밥이라고 불러서 미안하다고 사과해야 할 정도로 맛이 없었다. 그렇지만 억지로라도 먹어야 빨리 낫는다는 생각에 식판을 싹싹 긁는다. 다른 사람들은 반쯤 먹었고, 박 할아버지는 손도 대지 않는다. 가끔 다 먹기도 하고 아예 안 먹기도 한다. 박 할아버지의 시트를 갈아 주기 위해 들어온 수 간호사가 내 식판의 상태를 보더니 기특하다며 등을 두드려 주었다.

스무 살인 산이 누나보다 대여섯 정도 나이가 많은 수 간호사는 이름이 수안영이라서 수 간호사다. 병원에서 가장 서열이 높은 간호사를 수간호사라고 하는데, 수 간호사는 그런 위치와는 한참 거리가 먼 막내 간호사였다. 늘 지친 기색으로 눈 아래에 짙은 다크서클을 달고 다니지만 일부러 꾸민 듯 활기차게 행동해서 보이는 모습보다 더 밝게 느껴지는 사람이었다.

나처럼 장기간 입원 생활을 하는 환자라면 누구나 어느 순간 눈치채는 거지만 수 간호사는 몇 개월째 막내 생활을 하며 다른 고참 간호사들로부터 비롯되는 갖가지 고초를 겪고 있었다. 차트가 제대로 놓여 있지 않다거나 복장이 똑바로 갖추어지지 못했다는 등의 시시콜콜한 시비부터 시작해서 불필요한 업무의 연장이나 휴일 근무 강요까지. 그러나 나는 한 번도 수 간호사가 불평하는 걸 본 적이 없다. 언제나 꿋꿋하게 고개를 들고 서서 자기 할 일을 하는 사람이었다.

"여자친구는 어디 갔어?"

그리고 수 간호사는 이 병원에서 제일 쓸데없는 말이 많다.

양아영이 놓고 간 노트는 생각보다 꼼꼼하게 정리되어 있었다. 나는 노력하는 거에 비하면 성적이 잘 나오는 편이라 항상 중상위권에는 속했는데 양아영만큼 머리가 좋은 건 아니었다. 아빠는 내가 어떤 성적을 받아 오든 크게 개의치 않았다. 하지만 엄마는 더 잘할 수 있지 않았냐며 아빠의 몫까지 얹어서 잔소리를 했다. 그런다고 성적이 오르는 것도 아닌데.

학교는 벌써부터 대학 입시에 목을 매는 분위기를 조성하며 아이들을 닦달했지만 나는 별로 신경 쓰지 않았다. 고등학교를 졸업하면 바로 아빠 공장에 들어가 일을 할 생각이었기 때문이다. 아빠는 네가 하고 싶은 일을 찾아보라고 했고 엄마는 대학에 가라고 했지만, 나는 양쪽 다 흥미가 없었다.

학기 초에 장래 희망을 발표하는 시간이 있었다. 많은 장래 희망이 등장했다. 초등학생 때 대통령, 경찰, 소방관 막 질러 대던 것과 달리 구체적이고 실현 가능한 꿈들이었다. 양아영은 사범대에 들어가서 교사가 되고 싶다고 했다. 대가리가 텅텅 빈 안승범은 태권도 국가대표가 꿈이라고 했던가.

나는 장래에 아무런 희망이 없다고 솔직하게 말했다. 아빠 공장이 그런대로 잘 풀리고 있으니 그거나 이어받으면 굶어 죽지는 않을 거라고. 아이들이 모두 웃었고 담임은 나를 교무실로 불렀다. 그리고 한 시간 동안, 지금은 기억도 제대로 나지 않는 보다 원대한 진로에 대한 지랄 같은 상담을 했다.

교사가 되고 싶다는 바람을 투영시켜 놨는지 양아영은 노트에 칠판 위에 적힌 글씨만 옮겨 쓴 게 아니라 군데군데 꼼꼼한 설명을 함께 적어 놓았다. 책을 읽듯이 죽 읽기만 해도 머릿속에 들어오는 게 있었다. 마음에 들지 않는 계집애였지만 확실히 이런 쪽의 재능은 보인다. 나는 저녁밥을 먹은 뒤 구경이나 할 생각으로 노트를 꺼내 들었다가 소등 시간이 될 때까지 읽었다. 좋은 교재이기는 해도 읽다 보니 이해가 안 되는 부분이 몇 군데 있었다. 양아영의 전화번호는 노트 맨 뒤에 또박또박 쓰여 있다. 잠깐 번호를 노려보다가 노트를 덮는다.

입원을 삼 개월 동안 하면서 규칙적인 생활이 몸에 익었기 때문에 소등 시간이 되면 자동으로 잠이 쏟아졌다. 그런데 이쩐지 오늘은 쉽게 눈이 감기지 않는다. 평소에는 전혀 문제가 되지 않던 박 할아버지의 코 고는 소리가 유난히 크게 들린다. 도도새 아줌마가 가끔 고통스럽게 웅얼거렸다. 내일도 아침부터 일어나서 상태를 체크하고 병원에서 짜 준 일정대로 움직여야 했다.

한 시간 정도 몸을 뒤척이며 잠을 자려고 애쓴다. 그래도 소용없었다. 몸을 움직이고 나면 잠이 올까 싶어 조심스럽게 일어나 휴게실로 향한다.

"안 자냐?"

산이 누나의 목소리다. 불도 켜지 않은 휴게실 안에서 의자에 기대앉아 TV를 보고 있다. 처음엔 짧은 단발이었는데 입원이 길어지면서 제멋대로 자란 머리가 귀신처럼 으스스하게 늘어졌다. 나는 휴게실의 불을 켜면서 "심장마비 걸릴 뻔했네. 누나는 거울 보면 안 놀라요?" 하고 농담 반 진담 반으로 말했다.

"잘생긴 남자도 없는데 거울은 봐서 뭐해?"

"그게 무슨 망발이시죠. 제가 있는데."

"깜찍한 자식."

누나가 킬킬거렸다. 어차피 잠에 들기는 틀렸다 싶어 나도 아예 누나 옆자리에 기대앉는다.

"누나는 안 자요?"

"난 원래 이 시간에 안 자."

"그럼 언제 자는데요?"

"글쎄? 새벽 3시? 4시?"

"누나네 병실도 8시면 일어나지 않아요?"

"그때쯤 일어나지."

"그럼 맨날 잠을 네 시간 정도밖에 안 잔단 말이에요?"

산이 누나는 장난스럽게 고개를 끄덕인다. 나는 한숨을 내쉬었다. 저러니까 몸이 여태 안 낫지.

"왜 잠을 안 자요?"

"악몽을 꿔."

나는 어울리지 않는 대답에 헛웃음을 흘린다.

"누나 권투 선수잖아요."

"그게 악몽이랑 무슨 상관인데."

"악몽은 약한 사람이나 꾸는 거예요."

"자면서 욕하는 주제에. 너도 악몽 꾸는 거 아냐?"

"나는 약하니까 그런 거 꿔도 괜찮아요."

내가 말했다. 사실이 그렇기 때문에 별로 부끄럽거나 하지도 않았다. 나는 약하고, 내가 약하다는 걸 아주 오래전부터 알고 있었다.

"나도 강한 사람은 아니야."

산이 누나가 말한다. 나는 가볍게 숨을 내쉬었다.

"어디서 맞고 다니지는 않았을 거 아녜요."

"맞고 다녔냐?"

"그런 이야기가 아니고요."

"너는 진짜 몸으로 느끼는 권투가 뭔지 몰라. 나만큼 많이 맞는 사람도 없어."

"링 위에서요?"

"링 위에서지."

그러나 링 위에서 맞는 건 그렇게 나쁘지 않다. 권투는 규칙이 있는 스포츠다. 학교에는 아무것도 없다. 라운드의 끝을 알리는 벨도, 지저분한 반칙을 감시하는 심판도, 의욕을 잃은 선수를 위해 수건을 던져 줄 세컨드나 이쪽이 쓰러지지 않도록 응원해 주는 사람도 없다. 교실은 룰이 존재하지 않는 싸움판이었다. 나는 진짜 몸으로 느끼는 권투가 뭔지 모르지만 이것만큼은 확실하게 알고 있다.

"어떤 느낌이에요?"

"뭐가?"

"이겼을 때 말이에요. 어떤 기분이 들어요?"

"좋아."

산이 누나는 대수롭지 않게 대답한다. 나는 곰곰이 생각하다가 다시 묻는다.

"좋다는 게 구체적으로 어떤 건데요? 비유라도 해 봐요."

"글쎄? 굳이 비유하면 새벽에 배가 고파서 치즈케이크를 꺼내 먹는 기분이랄까."

"그렇게 시시한 기분?"

"아주아주 배가 고파서, 당장에 뭐라도 안 먹으면 죽을 거 같은데 치즈케이크가 딱!"

"그래도 시시한데요."

"과소평가하고 있군."

"권투를요?"

"치즈케이크를."

휴게실 벽에 걸린 TV에서는 우스꽝스러운 복장을 한 코미디언이 열심히 움직이고 있다. 재미있는 상황이 연출되고 객석에서 와, 하는 웃음소리가 터졌다. 나도 살짝 웃었지만, 산이 누나는 웃지 않았다.

"레퍼리가 내 손을 들고 승리를 선언하는 건 잠깐이야."

잠시 후에 누나가 말한다.

"여자 권투는 그렇게 인기 있는 스포츠가 아니기 때문에 찾아오는 관중도 얼마 안 돼. 경기가 끝나면 승자도 패자도 링에서 내려와야 하지. 그만두는 사람이 많아. 몇 달을 노력해서 십 분 동안 싸우는 거거든. 허무하다는 생각이 드는 것도 어쩔 수 없지."

"왜 권투를 해요?"

"궁금해서."

"궁금해서?"

"내가 뭘 할 수 있는지 알고 싶어서."

산이 누나가 말했다. 나는 누나가 자랑스러워하고 있다는 걸 알았다. 누나의 목소리에는 자신이 권투 선수라는 것에 대한 자부심이 묻어났다. 가끔 누나의 병실에 찾아오는 체육관 사람들의 말을 들어 보면 그 정도의 자격은 있는 사람이 아닐까 싶다.

"자기가 누구인지를 아는 건 중요한 거야."

누나가 말했다.

"맞아요."

내가 동의했다.

산이 누나는 "이제 자야겠다. 너도 얼른 가서 자." 하면서 자리에서 일어섰다. 나는 여전히 잠이 오지 않아 그대로 앉아 있다.

좆밥 새끼. 학교에서는 그게 서찬희의 별명이었다. 쉬는 시간 십 분. 서찬희는 교실 한가운데로 끌려 나와 안승범의 스파링 상대가 되곤 했다. 말이 좋아 스파링이지 사실 샌드백이나 다름없는 신세였다. 좆밥 새끼야, 주먹 쓸 줄 몰라? 간간이 도발이 날아들었다. 서찬희는 잠자코 있었다. 어설프게 저항하면 괴롭힘이 더 심해질 뿐이라는 걸 알았기 때문이다. 운동부인 안승범은 겉으로 티 안 나게 때리는 방법을 만 이천 가지 정도는 알고 있었다. 전생에 고문기술자였거나 고문당하던 악질 범죄자였음이 틀림없다.

이제 막 부임받고 와서 애들이 귀엽다고 하면 처웃기나 하는 담임은 아무짝에도 쓸모가 없었다. 자기 딴에는 반 아이들과 친하게 지낸다고 생각하는 모양인데, 나는 담임을 두고 온갖 종류의 음담패설을 쏟아 내던 애새끼들의 이름을 끝도 없이 나열할 수 있다.

서찬희는 별명 그대로 좆밥 같은 놈이었다. 안승범의 이름만 들어도 몸을 벌벌 떨었다. 하루에 전화가 열 통은 넘게 왔고 대부분은 얼마씩 빌려 달라는 내용의 협박이었다. 서찬희는 집에서 받은 용돈을 고스란히 가져다주었다. 그러고도 모자라서 장롱이나 화장대에 숨겨 둔 부모님의 비상금을 조금씩 훔쳐 오기도 했다. 공부한다는 핑계로 문을 잠그고 밤이 새도록 컴퓨터 앞에 앉아 안승범의 온라인 게임 캐릭터를 키워 준 적도 있다.

서찬희를 도왔어야 했다. 그 바보 같은 자식이 더 멀리 가기 전에 붙잡았어야 했다. 그러나 결국 나는 아무것도 하지 못했다. 주먹을 쥐고 당당하게 한번 싸워 보기라도 했으면. 그랬으면 이렇게까지 자괴감이 들지는 않을 것이다. 이제 나는 두 번 다시 나를 좋아할 수 없을 것 같다.

02
무겁고 뻔뻔한 것

그사이 양아영은 두 번 더 병실에 왔다. 이 주에 한 번 꼴이었다. 올 때마다 내게 새로 만든 노트를 내밀었다. 선생님이 시키니까 어쩔 수 없이, 라고 토를 다는 건 여전했다. 굳이 그렇게 말하지 않아도 좋아서 오는 게 아니라는 건 한눈에 알 수 있었다.

다시 양아영을 만난 나는 시큰둥하게 노트를 받아 들고 별다른 말 없이 고개만 까딱하고 보냈다. 그다음 양아영이 찾아왔을 때는 엄마가 같이 있었다. 엄마는 아들놈이 티는 안 내지만 사실 친구의 문병을 반기고 있으며 새 노트를 눈이 빠지게 기다린다고 말도 안 되는 소리를 했다.

"그냥 할 수 있는 일을 하는 건데요."

가증스러운 양아영은 부끄러운 듯 웃으면서 예의 바른 청소년의 표본을 능숙하게 연기해 엄마의 마음을 사로잡는다. 나는 "그럼 할 수 있는 일을 했으니까 얼른 가라." 하고 말하며 손을 휘휘 저었다. 양아영은 이 넓은 병원에서 오직 나만 눈치챌 수 있는 추악한 표정을 지어서 내 각막을 후벼 팠다.

"이 찌질한 녀석은 여기 두고 어디 가서 맛있는 거라도 먹지 않을래요? 아직 저녁 안 먹었죠?"

사람 볼 줄 모르는 엄마가 순진하게 양아영에게 저녁을 권했다. 당연히 거절할 거라고 생각했는데 양아영은 염치도 없이 "그럼 저야 감사하죠." 하고 넙죽 받아들였다. 그래서 나는 분위기 좋게 사라지는 두 여자의 뒷모습을 물끄러미 바라보다가 병원 식판에 담긴 처참하게 맛없는 저녁밥을 혼자 먹어야 했다.

"왜 그렇게 아영이한테 못되게 구냐? 사춘기?"

닥치는 대로 밥을 입에 욱여넣고 씹는데 차트에 뭔가를 적고 있던 수 간호사가 말을 걸었다. 얼토당토않은 소리라고 반박하고 싶었지만 먹던 거는 마저 삼켜야 했기 때문에 잠자코 있었다. 그러자 식판에 딸려 온 냅킨 위에 낙서를 하던 도도새 아줌마가 슬며시 이쪽을 보더니 "사랑이지, 사랑. 원래 저 나이 때에는 다 그런 거야." 하고 아득한 목소리로 말을 해서 내 신경을 긁었다. 나는 그런 거 아니거든요, 하고 소리치다가 씹고 있던 밥풀을 몽땅 앞으로 튀기고 만다. 박 할아버지가 물끄러미 이쪽을 보더니 들고 있던 숟가락을 내려놓고 옆으로 드러눕는다.

"에이, 지저분하게."

따지고 보면 모든 일의 원흉인 수 간호사가 태연하게 말했다. 나는 속이 꼬이는 기분을 느끼면서 박 할아버지에게 "죄송해요, 할아버지." 하고 사과했다. 박 할아버지는 괜찮다며 고개를 끄덕이고는 이불을 끌어와서 잠을 청했다. 뭘 먹거나 뭔가를 말하거나 어딘가로 움직이는 일이 드문 할아버지였다. 오늘은 밥을 다 챙겨 드실 생각이었던 걸까.

오랫동안 입원해 있는데도 할아버지에게 문병 오는 사람이 없어서 처음에는 혼자 사시는가 보다 했다. 얼마 지나지 않아 알게 된 바로는 아들이 한 명 있었다. 가끔 도도새 아줌마가 아드님 불러 드려요? 하면 박 할아버지는 무서운 표정으로 고개를 저었다. 왜 그러시는 거예요? 언젠가 엄마가 물어보자 도도새 아줌마는 그냥 좀 복잡한 사정이 있어요, 하고 말을 아꼈다.

밥을 다 먹을 때까지 엄마가 오지 않아서 직접 식판을 들고 복도로 나갔다. 마침 산이 누나가 식판을 들고 나와 있었다. 나는 누나에게 손바닥을 보여서 인사하고 같이 식판을 반납했다. 슬쩍 보니 누나의 식판도 내 것처럼 깨끗하다. 밥을 다 먹은 걸로 부족했는지 누나는 아래층에 있는 편의점에 들렀다 오자고 제안했다.

"누나 요새 뱃살 보이는 거 알아요?"

별생각 없이 말했다가 창문 바깥으로 내던져질 뻔한다.

거동이 불편한 환자들에게는 간병인이 필요하다. 응급실로 들어와 몇 차례 수술을 거치고 입원한 나도 처음 며칠 동안은 엄마가 그 역할을 맡아서 했다. 우리는 빈자리가 없어서 입원비가 비싼 1인실에 있다가 곧 4인실로 옮겼는데, 도도새 아줌마를 간병인으로 쓰는 박 할아버지를 제외하면 이쪽 병실 사람들도 가족들 중 한 명이 와서 간병을 하고 있었다.

산이 누나의 병실에 몇 번 놀러 가면서 알게 된 사실이지만 누나에게는 그런 간병인이 없었다. 수 간호사는 처음부터 산이 누나가 혼자였다고 했다. 심지가 굳은 아이라면서. 그렇다고 해도 나랑 똑같이 교통사고로 실려 왔는데 간병인이 없는 건 좀 이상한 일이었다.

얼핏 주워들은 이야기에 따르면 산이 누나에게도 가족은 있었다. 다만 서로 보기 불편할 정도로 사이가 나빠서 생판 남보다 더 못한 관계라고 했다. 누나가 가족과 틀어진 이유에 대해서는 갖가지 추측이 돌았다. 그러나 본인이 굳게 입을 다물고 있으니 누구도 확신을 담아서 이렇다 저렇다 말하지는 못했다. 그러는 동안에 몇 번 산이 누나가 다니는 체육관의 사람들이 찾아왔고, 그 사람들이 돌아가며 누나의 입원 생활을 도왔다는 사실을 알게 되었다. 그러니까 누나에게는 가족보다 체육관 사람들이 더 가까운 존재였던 것이다.

수 간호사에게 산이 누나의 스승이라고 자처하던 남자는 주찬영이라는 이름의 이제 갓 서른을 넘긴, 선이 얇고 인상이 흐린 사람이었다. 겉보기에 너무 평범해서 한 번 봐서는 좀처럼 다시 기억이 나지 않을 것 같은 남자였다. 주찬영 관장님, 이라고 높이는 수 간호사를 보고 남자는 주 관장이면 됩니다, 하고 멋쩍게 말했다.

나는 한눈에 주 관장이 산이 누나에게 특별한 마음을 품고 있다는 걸 알아챘다. 딱히 알아챘다, 고 말하기가 뭐한데 왜냐하면 본인의 입으로 직접 오산이, 아프지 마라. 네가 아프면 나도 아프다, 라고 엄청난 말을 뱉어서 근처에 있던 사람들을 얼어붙게 했기 때문이다. 보이는 것과 달리 충격적인 사람이었다.

산이 누나의 퇴원이 가까워지면서 누나와 친한 병원 사람들은 반쯤은 아쉬워하고 반쯤은 기뻐하며 누나를 보낼 준비를 했다. 그동안 체육관 사람들과 문병을 왔던 주 관장은 누나의 퇴원 날짜가 정해진 다음 날 혼자 병실에 찾아왔다. 바쁘게 사는 사람이라 자주 볼 수 있는 사람은 아니었다. 체육관을 운영하며 틈틈이 근처 작은 도서관에서 일하는 친구를 도와 책 정리를 한다고 들었다. 나는 오히려 그쪽이 더 이 사람과 어울리는 직업이 아닌가 생각했다. 아마 나만 그런 생각을 했던 건 아니었을 거다.

"오산이, 내가 왔다."

병실 문을 열어젖히며 주 관장이 바보처럼 소리쳤을 때 누나는 침대에 커튼으로 칸막이를 두르고 옷을 갈아입는 중이었다. 나는 산이 누나를 보러 병실에 왔다가 오늘 외출한다는 말에 그냥 돌아가려던 참이었다.

주 관장은 "뭐 해?" 하며 활기차게 커튼을 걷어 내다가 이제 거의 완쾌한 프로 권투 선수 지망생의 주먹을 복부에 맞고 신음을 토했다. 입구에서 문고리를 잡고 서 있던 나는 얼떨결에 좋은 구경을 한다.

"오셨어요?"

평상복으로 다 갈아입은 산이 누나는 시치미를 뚝 떼고 주 관장을 맞이했다. 숨을 고르느라 한참이 걸린 주 관장은 "나가려고?" 하고 물으며 산이 누나의 냉장고 문을 열었다. 냉장고 안은 갖가지 군것질거리들이 아우성치며 쏟아져 나오기 일보 직전이다. 주 관장은 황급히 냉장고 문을 닫고 들고 온 주스 상자를 바닥에 내려놓았다.

"뭐 중요한 일이라도 있어요?"

외출할 준비를 마친 누나가 묻는다. 주 관장은 고개를 저었다.

"퇴원 후 일정을 어떻게 잡을까 간단히 얘기나 하려고 들른 거야."

"별일 없으면 나중에 해요. 아이 좀 보고 올 거니까."

아이? 주 관장은 산이 누나의 말을 듣고 쓰게 웃었다.

"이제 그만 찾아가도 돼. 안 그래도 내가 저번에 아이한테 물어 봤다. 너 되게 귀찮다더라."

"그래요? 내가 들은 거랑 다른데요?"

"뭐라던데?"

"오산이한테 그만 좀 치근거리래요."

그리고 산이 누나는 뒤도 돌아보지 않고 병실 밖으로 나갔다. 주 관장은 멋쩍은 웃음을 짓고는 산이 누나의 침대 위에 앉아 자기가 들고 온 주스를 꺼내 마신다.

"아이? 사람 이름이에요?"

내가 묻자 주스를 한 병 더 꺼내 이쪽으로 내민다. 내가 혐오해 마지않는 당근 주스다. 나는 당근이 싫다. 도대체 이따위 걸 먹고 싶어 하는 사람이 세상에 어디 있다고 주스까지 만들어져서 나오는지 모르겠다. 어떻게 할까 눈치를 보다가 일단 한 모금 마시는 시늉을 했다. 주스는 맛이 다를지도 모른다고 애써 기대해 봤지만 생으로 먹는 것보다 더한 당근 맛이 혓바닥을 찔렀다.

"몸은 좀 어때?"

주 관장은 내 질문을 넘기고 대신 안부를 물었다.

"많이 나아졌어요. 나가서 이야기할까요?"

산이 누나도 없는 남의 병실에 어정쩡하게 있기 뭐해서 밖으로 나온다. 달리 할 일이 없는지 주 관장은 순순히 따라왔다. 누나가 만나러 간 사람의 정체가 궁금했지만, 왠지 다시 물어도 대답해 주지 않을 것 같은 느낌이 들었다. 나는 내가 입원한 병실에 들어와 주 관장에게 간이침대를 꺼내 주고 자리에 앉았다.

"산이 누나는 모레 퇴원한다면서요?"

슬며시 당근 주스를 사물함 위로 밀어 놓으며 입을 연다.

"모레 퇴원이라고?"

"누나가 말 안 했어요?"

"어, 말했지. 지금 기억났어."

주 관장의 표정을 보니 말해 주지 않은 게 분명하다. 나는 괜한 정보를 쥐여 준 게 아닐까 불안해진다. 산이 누나의 퇴원 날 주 관장이 쳐들어와서 쟤가 알려 줬다, 고 가리키면 둘러댈 말이 없다.

"산이 누나는 프로가 될 거죠?"

입에 남은 당근 주스의 맛을 털어 내기 위해 냉장고에서 물을 꺼내 마시며 내가 묻는다. 주 관장은 고개를 끄덕였다.

"아마 그렇겠지."

"부럽네요."

"뭐가?"

"누나의 재능이."

주 관장은 턱을 쓰다듬으며 미소를 지었다. 뭔가 재미있는 말을 들었다는 표정이었다. 나는 재미있는 말을 한 적이 없기 때문에 "왜 웃어요?" 하고 조금 불만스럽게 물었다. 주 관장은 "이건 비밀인데," 하면서 말을 꺼낸다.

"오산이는 재능 같은 거 없어."

내 기대와 달리 어디선가 산이 누나가 튀어나와 주 관장의 정강이를 걷어차는 일은 벌어지지 않았다. 주 관장은 계속 말했다. 누군가에게 산이 누나의 이야기를 할 수 있다는 게 즐거워 보였다.

"이제 이 년이 좀 넘었나? 오산이가 처음 체육관에 왔을 때가 아마 이맘때쯤이었을 거야. 권투를 배우고 싶다길래 그러라고 했어. 그때는 얘가 진짜 권투를 배우려고 한다는 생각을 못 했거든. 체육관의 다른 여자들이 하는 가벼운 다이어트 프로그램을 권했더니 빽 하고 소리를 지르더군. 장난치지 말라고."

여기까지 말했을 때 수 간호사가 박 할아버지의 수액을 갈아 주기 위해 안으로 들어왔다. 주 관장은 수 간호사와 몇 초 정도 짧게 인사를 주고받았다. 나는 주 관장의 말이 이어지기를 기다린다.

"가끔 혼자서 벽을 치며 연습했대. 자꾸 손목을 다치는데 제대로 치는 법 좀 알려 달라고 하더라. 나는 권투를 배우고 싶으면 등록부터 하라고 했지. 오산이는 일 년 치를 선불로 냈어. 관비가 비싸지는 않지만 일 년 치를 한꺼번에 내면 금액이 꽤 되거든. 당장 들어갈 돈이 많아서 거절하기가 힘들었다. 근데 받고 나니까 겁이 살짝 나더라고. 며칠 안 하고 그만두면 도로 다 돌려줘야 하잖아. 도중에 포기해도 환불은 절대 안 해 줄 거라고 못을

박았지. 그랬더니 오산이가 뭐라고 한 줄 알아?"

주 관장은 어서 물어보라고 눈짓하며 말을 끊었다. 나는 마침 물을 마시는 중이라 얼른 물어보지 못한다. 주 관장을 재촉한 건 내가 아니라 수 간호사다.

"뭐라고 했는데요?"

수 간호사는 수액을 갈고 나서도 나가지 않고 주 관장의 이야기를 듣고 있었다. 수 간호사 쪽으로 고개를 돌린 주 관장은 듣는 사람이 한 명 더 늘었다는 걸 알고 뿌듯한 표정을 지으며 말을 이었다.

"자기는 챔피언이 될 거라고 했죠."

그때 생각이 나는지 주 관장의 입가에 미소가 걸린다.

"권투는 어려운 운동이에요. 단순히 주먹질만 해 대는 거랑은 다르죠. 효과적으로 근력을 키우고 체중을 감량해서 최적의 몸 상태를 만들어야 해요. 오산이한테 말했죠. 뭘 어떻게 알고 온 건지 모르겠지만 너는 아마추어 선수도 되기 힘들 거라고. 두고 보라면서 이를 갈더군요."

"그래서 어땠어요? 처음 시작했을 때."

"그거 마저 마시면 말해 줄게. 한창 클 나이에 편식하면 되겠냐?"

겨우 입 안에 묻은 찝찝함이 가셨는데 주 관장이 대뜸 사물함 위로 치워 둔 당근 주스를 손가락으로 가리켰다. 내가 싫어한다는 걸 눈치채고 일부러 그러는 거다. 나는 오만상을 찌푸리며 남은 주스를 들이켠다.

"오산이가 어땠냐고? 엉망이었지. 아무리 가르쳐도 펀칭 패드 하나 제대로 칠 줄 모르더라. 줄넘기 그럴듯하게 넘기는 것도 한 달이 걸렸어. 운동하는 시간보다 삐고 붓고 멍든 부분 케어하는 시간이 더 많았다. 차라리 때려치우라고 수천 번은 넘게 말했을걸."

"그런데도 계속 가르쳤군요."

"그랬지."

"왜요?"

"오산이가 예뻐서."

수 간호사는 "어머." 하며 입을 가리며 웃었고 나는 닭살이 돋아서 팔뚝을 문질렀다. 아니 이게 무슨 개소리야.

"아니 이게 무슨 개소리예요."

다 마신 당근 주스를 옆으로 치운다. 주 관장은 주스 상자에서 굳이 당근 주스를 하나 더 골라서 내게 내밀었다. 나는 이제 오기로 주스를 받아 들고 벌컥벌컥 마신다.

"오산이는 포기하지 않았어. 샌드백을 백 번 치라면 백 번 치고 줄넘기를 천 번 넘으라면 천 번 넘었으니까. 재능이고 뭐고 형편없는 녀석인데도 그렇게 조금씩 기어 올라온 거야."

그리고 주 관장은 잠깐 틈을 두고 말을 이었다.

"오산이는 이제 링에 어울리는 선수가 됐다. 나는 오산이를 보면서 그런 생각을 했지. 자기 자리는 자기가 만드는 거라고. 하지만……."

여기까지 말하고 주 관장은 입을 다물었다. 어쩐지 침울한 기색이 느껴지는 침묵이었다. 나는 주 관장의 말이 더 이어질 거라고 생각했다. 그러나 주 관장의 이야기는 거기서 끝났다.

자기 자리는 자기가 만드는 것이다. 서찬희는 그걸 몰랐다. 상황이 나빠진 건 물론 강준혁과 안승범을 비롯한 다른 아이들의 구역질 나는 인격 탓이었지만 서찬희의 잘못도 어느 정도는 있었다.

처음에는 그래도 버틸 만한 수준이었을 것이다. 지나가면서 어깨나 머리를 치고 발을 걸고 책상을 밀거나 의자를 넘어뜨리는 정도였다. 아이들은 고의가 아니었다며 사과했다. 머저리 같은 서찬희는 그 말을 믿었다. 학용품을 빌려가서 안 돌려주는 일이 많았다. 서찬희는 없어진 체육복, 없어진 교과서, 없어진 볼펜과 없어진 공책 때문에 자주 벌을 받았다. 그런데도 본인은 그냥 상황이 좋지 않았을 뿐이라고 여기는 듯했다. 옆에서 보면 너무나도 뻔한 일이었는데 스스로가 그렇게 생각하지 않으니 어쩔 도리가 없었다.

시시한 괴롭힘이 본격적인 폭력으로 이어지게 된 계기가 있다. 운동부의 덩치 큰 안승범과 얽힌 게 시작이었다. 복도에서 자신과 눈이 마주쳤다는 얼토당토않은 이유로 안승범에게 두들겨 맞았던 것이다. 안승범과 서찬희는 교무실로 끌려갔고 각자 반성문을 두 장씩 써서 냈다. 일방적인 폭력이었는데도 선생들에게는 남학생들끼리 있을 수 있는 흔한 싸움으로 비쳐진 모양이었다. 서찬희는 어른들이 어떻게든 해결해 줄 거라는 막연한 희망에 기대 자세한 경위를 적었다. 그러나 아무도 서찬희가 쓴 반성문을 주의 깊게 읽어 보지 않았다.

원래 니네 때는 사소한 거 가지고 싸우고 화해하고 그러는 거야. 둘이 악수해. 심약한 담임을 대신해 사건을 해결하겠다며 나선 체육 선생이 억지로 악수를 시켰다. 반쯤 벗어진 머리 때문에 대머리 독수리라는 별명을 가진 체육 선생은 운동부의 담당 교사이기도 해서, 중요한 때에 무슨 쌈박질이야 이 자식아, 하고 안승범에게 퍽 친근하게 굴었다.

미안해, 하고 서찬희는 본인이 들었어야 할 사과를 건넸다. 안승범은 아무 말도 하지 않았다. 대독은 반성문을 책상 서랍 안에 집어넣고 벌로 일주일 동안 화장실 청소를 시켰다. 서찬희는 대독이 시키는 대로 했다. 그러나 안승범은 곧 있을 태권도 시합을 준비해야 한다며 첫날에만 얼굴을 비쳤을 뿐 한 번도 제대로 나와 벌을 받지 않았다. 서찬희는 안승범 몰래 체육 선생에게 항의했다. 대독은 운동하는 놈들이 항상 바쁘잖냐, 우리 학교의 명예가 걸린 일이기도 하니까 니가 이해해라, 하면서 위로하듯 서찬희의 어깨를 두드렸다.

학교의 전폭적인 지지 속에 출전한 안승범은 출중한 기량을 뽐내며 준결승까지 올랐다가 아깝게 패했다. 이어지는 3, 4위전에서는 압도적인 승리를 거두었다고 들었다. 안승범이 따낸 동메달의 소식이 실린 지역 신문 기사는 학교의 자랑거리가 되어 1학년 교실이 늘어서 있는 복도 한가운데 스크랩되었다. 그 후 한동안, 그러니까 내가 도로에 뛰어들기 전까지도 스크랩 기사는 그 자리에 있었다. 아마 지금 학교에 돌아가도 그 빌어먹을 놈의 기사를 볼 수 있을 것이다.

사례를 말하라면 끝도 없이 말할 수 있다. 그러나 아무도 그런 걸 궁금해하지 않는다. 이런 때를 대비해 마련된 학교의 상담 센터 앞에는 문은 언제나 열려 있습니다, 라는 문구가 적혀 있다. 읽기에는 좋아 보이지만 거꾸로 말하면 네가 들어오는 걸 누구나 볼 수 있습니다, 라는 말과 마찬가지다. 서찬희가 그런 곳에 도움을 청하지 못한 이유는 짐작하고도 남는다.

학기 초에 뭘 잘 모르고 상남 센터를 이용한 몇몇 아이들에 대한 소문이 빠르게 퍼졌던 걸 기억한다. 그러니까 이런 식이었다. 맞은 아이가 상담을 요청하면 얼마 지나지 않아 학교에서는 때린 녀석을 불러다가 시시껄렁한 인성 교육을 해 댄다. 그러면 굳이 말해 주지 않아도 누가 누구를 일러바쳤는지, 누가 또래 아이들의 암묵적인 연합을 배신하고서 비겁하게 어른의 도움을 구했는지 알 수 있게 된다. 한동안은 교실이 텅 빈 듯 아무 일도 일어나지 않는다. 그러나 곧 더 교묘하고 악랄해진 무언가가 그 빈 자리를 메운다.

결국 달라지는 건 아무것도 없다. 너무 늦기 전에 이쪽이 그렇게 만만한 놈이 아니라는 걸 보여 줬어야 했다. 처음부터 확실하게 선을 그었다면 이런 일은 벌어지지 않았을 것이다. 덜떨어진 서찬희는 그럴 용기가 손톱만큼도 없었다. 안승범 같은 새끼들은 그걸 잘 알고 있었다.

세상이 너희를 똑똑히 기억할 거야. 서찬희가 말했다. 여기에 니들 이름 다 적었어. 내가 죽으면 악귀든 뭐든 되어서 너네 모두 죽을 때까지 괴롭혀 줄게.

그러나 서찬희는 파리 새끼 한 마리조차 제대로 죽일 수 없는 놈이었다. 설령 정말로 본인의 목숨을 담보로 저주의 유언을 퍼부었다고 해도 뭐가 어떻게 바뀌지는 않았을 것이다. 아무도 신경 쓰지 않고, 아무도 다치거나 죽지 않는다. 적어도 내가 확인해 본 바로는 그렇다.

응급실에서 눈을 떴을 때 너무 아파서 숨이 잘 쉬어지지 않았다. 호흡기를 대고 가까스로 숨을 몇 모금 들이마시며 엄마가 우는 소리를 들었다. 현실은 유서에 적힌 죽은 사람의 몇 마디보다 더 무겁고 뻔뻔한 것이다. 서찬희처럼 가만히 앉아서 상황이 나아지기만을 바라지는 않을 거다. 머지않아 나는 학교로 돌아가야 했다.

03
모든 기준에 서열이 있다

산이 누나가 퇴원하면서 병원이 조금 심심해졌다. 주 관장은 누나가 퇴원하는 날 다시 와서 내게 당근 주스를 한 상자 선물해 주고 갔다. 다행히 내가 알려 줘서 왔다는 둥의 헛소리는 하지 않았다. 나는 주 관장의 성의를 봐서 그날 딱 한 병만 마시고는 나머지를 죄다 냉장고 구석에 밀어 두었다.

그사이 우리 병실도 사람이 몇 번 바뀌었다. 마지막으로 들어온 사람은 말수가 적은 오십 대 남자였다. 무슨 병인지 밤이 새도록 기침을 해서 도도새 아줌마를 완전히 미치게 만들었다. 환자가 아파서 기침 좀 하겠다는데 말릴 수는 없는 노릇이다.

심심할 때마다 여기저기에 그림을 그리는 도도새 아줌마는 병원에 있는 사람들을 적당히 의인화된 새로 그려 보는 버릇이 있었는데, 기침을 쏟는 남자의 경우에는 지친 표정의 부엉이로 표현되었다. 한눈에 부엉이가 떠오르는 인상은 아니었지만 막상 그림을 보면 썩 잘 어울린다는 생각이 들었다.

부엉이 아저씨의 옆에는 마찬가지로 지친 표정의 부엉이 아줌마가 간병인으로 붙어 있다. 부엉이 아줌마는 1인실에서 내가 있는 병실로 옮겨 오며 "잘 부탁드려요."라고 한마디 한 게 전부다. 남편처럼 말수가 적은 아줌마였다. 이따금 서로 뭐라고 조곤조곤 주고받는 일은 있었지만 좀처럼 병실 사람들과 말을 섞지 않았다. 지친 부엉이 부부가 온 뒤로 병실 분위기는 많이 가라앉았다. 따지고 보면 그동안이 유난스러웠던 거지 이게 원래 병원의 모습일 것이다.

산이 누나는 일주일 뒤에 입원과 관련된 서류가 몇 장 누락되었다는 핑계로 병원을 찾아왔다. 들쭉날쭉 자랐던 머리가 깔끔한 단발로 돌아가 있었다. 고작 일주일이 지났을 뿐인데 부쩍 살이 빠진 모습이었다. 도도새 아줌마가 걱정을 했다. 산이 누나는 체계적으로 감량 중이니까 걱정하실 필요 없다고 당당하게 말했다.

시간이 흘러가면서 나도 조금씩 몸이 좋아졌다. 처음에는 제대로 쥐어지지 않던 주먹도 차츰 힘을 주어 쥘 수 있게 됐고, 부서질 것처럼 삐걱거리던 다리도 천천히 뜀박질을 할 수 있을 만큼 호전되었다. 그러는 사이에 재활 훈련 과정은 계속해서 바뀌었다. 담당 의사는 몸에 골고루 자극을 주기 위한 방법이라고 설명했다. 나는 하루라도 빨리 퇴원할 수 있기를 바라며 열심히 몸을 움직였다.

도도새 아줌마에게 웬 남자가 찾아온 것은 그로부터 보름쯤 뒤였다. 남자는 아무 말 없이 문을 열고 들어와 도도새 아줌마 앞에 섰다. 도도새 아줌마는 얼굴이 하얗게 질려서 남자를 올려다보았다. 키가 훤칠하고 이목구비가 뚜렷한 잘생긴 중년의 남자였다. 도도새 아줌마가 "어떻게?" 하고 물었다. 남자는 "나가서 얘기합시다." 하고는 도도새 아줌마의 손목을 강제로 잡아끌다시피 해서 밖으로 나갔다.

도도새 아줌마의 간병을 오랫동안 받아 온 박 할아버지는 아무런 반응도 보이지 않았다. "무슨 일이에요?" 하고 물어봤지만 "몰라." 하며 고개를 저었을 뿐이다.

능청스럽게 여기저기 끼어드는 걸 삶의 낙으로 여기는 산이 누나였다면 나보다 적극적으로 나서서 사태를 파악하는 게 가능했을 것이다. 누나만큼 얼굴 가죽이 두껍지 못한 나는 그냥 침대 위에 앉아 엄마가 가지고 온 청소년 권장 소설 따위를 뒤적이며 시간을 보내는 수밖에 없었다.

도도새 아줌마와 남자는 휴게실로 가서 한참을 이야기했다. 거기에 끼어드는 건 못 해도 화장실에 가는 척 나와 몇 마디 훔쳐 듣는 건 가능했으므로 슬쩍 시도해 보았다. 남자는 가방에서 서류 같은 걸 꺼내 도도새 아줌마에게 하나씩 보여 주며 뭐라고 열심히 설명하는 중이었다.

"난 못 해."

도도새 아줌마가 잔뜩 주눅이 든 목소리로 말했다. 어딘가 익숙한 목소리였다. 나는 어떨 때 이런 목소리가 나오는지 알고 있다. 심장이 욱신거리고 숨이 가빠졌다. 남자는 "나약한 소리 하지 마." 하고 말했다. 그리고 "천천히 해 나가면 돼." 하고 덧붙였다. 도도새 아줌마가 양손에 얼굴을 파묻고 고개를 숙였다. 나는 아줌마가 금방이라도 쓰러져 버리는 게 아닌가 싶어 안절부절못했다.

"재미있니?"

나는 소스라치게 놀란다. 어느새 뒤로 다가온 수 간호사가 낡은 침대 시트를 손에 잔뜩 받쳐 들고 넌지시 물어 온 것이다. 어쩐지 못된 짓을 하다가 들킨 기분이다.

"그냥 걱정이 되어서. 이런 적이 없잖아요. 그러니까, 아줌마가."

묻지도 않은 변명을 늘어놓으며 휴게실에서 눈을 뗀다.

"옆으로 좀 비켜 봐."

"저한테 몇 개 주세요. 혼자서 다 못 옮길 거 같은데."

나는 수 간호사가 들고 있던 침대 시트를 절반 건네받는다. 수 간호사는 이쪽을 보는 도도새 아줌마에게 눈인사를 하고 내 등을 떠밀며 린넨실로 걸음을 옮겼다.

"무슨 일이에요? 누나는 아시죠?"

수 간호사는 린넨실에 가득 쌓인 바구니 위로 솜씨 좋게 침대 시트를 올려놓으며 입을 연다.

"무슨 일이든 간에 그건 김삼순 아주머니의 일이지. 남의 개인사를 알아서 뭐하려고?"

너무 오랫동안 별생각 없이 도도새 아줌마라고 불러 온 탓에 잠깐 김삼순 아주머니가 누구인지 고민한다. 수 간호사는 내가 들고 있던 침대 시트도 하나씩 바구니 위에 쌓았다. 지나가던 당직 간호사 한 명이 안을 들여다보고는 "정신 나간 년, 맨날 그런 식이니까 청소 아줌마들이 난리지." 하며 날카롭게 쏘아붙이다가 옆의 환자복을 입은 나를 보고는 "이따 얘기해." 하며 돌아섰다.

"저런 사람은 학교에나 있는 줄 알았는데." 시비를 건 간호사가 사라지고 난 뒤 머쓱한 기분으로 내가 말했다. "어디를 가도 있어." 수 간호사는 옷에 묻은 먼지를 떨어내듯 대수롭지 않은 투로 대꾸하고는 린넨실 밖으로 걸음을 옮겼다.

"저 아저씨는 누구예요? 그것도 남의 개인사라서 못 알려 줘요?"

수 간호사의 뒤를 따라 걸으며 나는 다시 도도새 아줌마, 아니

김삼순 아주머니의 일로 화제를 돌렸다. 수 간호사는 다른 생각에 잠겨 있었는지 "뭐?" 하고 얼빠진 목소리로 되물었다.

"휴게실에 있는 사람은 누구냐고요."

"그것도 모르면서 걱정이 된다 어쩐다 했어?"

"모르니까 더 걱정이죠."

수 간호사는 "그런가?" 하고 애매하게 수긍하고는 눈썹 사이를 좁혔다. 병실로 돌아가며 다시 휴게실 앞을 지난다. 남자는 여전히 심각하게 말을 하는 중이었고 도도새 아줌마는 손가락을 만지작거리며 듣고 있었다.

"아주머니 남편이야."

수 간호사가 말했다. 나는 약간 놀라서 수 간호사를 본다.

"남편이라고요? 그렇게 보이지 않는데."

"가족이라고 꼭 가깝게 지내는 건 아니니까. 궁금하면 아주머니한테 직접 물어봐."

수 간호사가 말했다.

"아니에요."

괜한 참견이겠지. 나는 길게 한숨을 내쉬었다.

엄마는 가끔 내게 세상 다 산 것처럼 한숨 쉬지 말라고 타박한다. 내 나이 또래의 아이들이라면 다들 무지갯빛 희망을 끌어안고 살아야 한다고 굳게 믿는 사람이었다. 엄마가 옳을지도 모른다. 하지만 옳다고 해서 일이 반드시 그렇게 흘러가지는 않는 법이다.

도도새 아줌마는 세 시간을 넘기고 저녁이 다 되어서야 병실에 돌아왔다. "잘 끝났어요?" 하고 묻는 말도 못 들은 듯 간병인용 간이침대 위에 앉아 어두컴컴한 창밖을 바라본다. 아무도 입을 열지 않는 병실 안은 부엉이 아저씨의 기침과 신음만으로 가득하다. 부엉이 아줌마가 수 간호사를 불러와서 환자의 진통제 양을 더 늘릴 것인지 말 것인지 조용히 의견을 나누었다.

나는 몸을 쭉 뻗고 누워서 양아영의 노트를 들여다본다. 지난번에 가져다준 노트만 벌써 다섯 번은 읽었다. 이 주 간격으로 어김없이 찾아오던 양아영이 어찌 된 일인지 이번 주에는 소식이 없다. 바쁜 거겠지, 하고 엄마는 대수롭지 않게 넘겼다. 너 안 그런 척하더니 사실 엄청 기다리고 있는 거 아냐? 나는 엄마의 질문에 정색하며 손을 내저었다. 그냥 조금 궁금한 거다. 별 뜻은 없고.

시간이 느리게 흐르는 병실 안에서는 온갖 잡스러운 생각이 떠오르기 마련이다. 변변찮은 내 인생의 굴곡은 대부분 달려오는 트럭에 몸을 던지기 전후로 한정되어 있다. 가만히 있으면 어쩔 수 없이 돌이키고 싶지 않은 기억들을 곱씹게 된다. 그럴 때마다 나는 양아영을 생각했다. 양아영은 온통 지우고 싶은 교실 안의 풍경 속에서 유일하게 내가 지울 필요가 없는 대상이었다. 왜? 노트를 잘 만들어서? 예쁘니까? 나는 양아영이 싫었다. 아니, 좀 더 구체적으로 말하면 학교의 모든 인간들이 싫었다.

때리거나, 맞거나, 지켜보거나. 안승범 같은 인간들이 시시덕거리며 서찬희가 앉은 책상 주변을 배회할 때 서찬희는 스타였다. 곧 벌어질 공연의 주인공으로서 관객들의 시선을 한 몸에 받는 배우였다. 다른 아이들의 눈에서 나는 폭력에 대한 혐오와 회의를 보았다. 누구라도 그런 상황이 되면 직접 나서지는 못하더라도 가해자를 꺼리는 마음은 있을 것이다. 그러나 그 자리에 그런 감정만 있었던 건 아니다.

나는 약자에 대한 값싼 동정과 자신은 거기에 속하지 않는다는 안도, 그리고 곧 벌어질 사태에 대한 은근한 기대를 보았다. 스파링이 벌어지는 교실 안에서는 모두가 안승범과 같은 얼굴을 하고 있었다. 그냥 친구끼리 노는 건데요. 담임은 안승범의 말을 믿었다. 그 단순한 믿음 아래에는 자기가 감당할 수 없는 일을 받아들이고 싶지 않은 비겁함이 깔려 있는 게 분명했다.

나는 한 번도 양아영을 보지 못했다. 안승범 패거리가 꼬이면 항상 보이지 않았다. 구정물이 튀기는 걸 피해 건듯 늘 사라져 있었다. 생각해 보면 그런 애가 가져다준 노트를 닳도록 들여다보고 있는 것도 웃기는 짓이다. 나는 도저히 양아영을 편하게 대할 수 없었다. 그때 너는 어디에서 뭘 하고 있었지? 이렇게 묻고 싶다. 그래서 속이 시원하게 양아영을 떨쳐 내고 싶다. 그러나 어찌 된 건지 그럴 수가 없었다.

이상한 일이었다.

한밤중에, 억눌린 울음소리를 듣고 잠에서 깬다. 뒤숭숭한 꿈자리가 겹쳐 소스라치며 눈을 뜬다. 잠깐 진정하는 시간을 보내고 난 뒤에야 세상에 귀신 같은 건 없다는 당연한 사실을 기억해낸다. 여전히 부엉이 아저씨의 간헐적인 기침이 쏟아지고 있어서 얼핏 듣기에는 아주 먼 곳에서 들리는 소리 같았다. 조금 더 귀를 기울여 듣고 있으니 바로 근처의 소리라는 걸 알 수 있었다. 나는 슬며시 고개를 들어서 도도새 아줌마의 침상을 본다. 아줌마는 베갯잇에 머리를 묻고 몸을 떨었다. 박 할아버지가 침대에 기대앉아 그런 도도새 아줌마의 모습을 조용히 내려다보고 있다.

내가 일어난 걸 알았는지 박 할아버지는 이쪽을 보고 고개를 저었다. 나는 금방 그 의미를 파악하고 가만히 누워서 도도새 아줌마의 울음이 그치기를 기다렸다.

병원은 바깥세상과 맞닿아 있다. 그러나 실은 아주 멀리 떨어져 있는 하나의 작은 세계였다. 이 안의 사람들은 좋든 싫든 일상의 삶에서 떨어져 나와 일정 기간의 유예 판정을 받고 이곳에서 치유의 시간을 보낸다. 물론 병실 안에서 삶을 마감하는 환자들도 있다. 그런 특수한 경우를 제외하면 이곳은 언젠가는 다시 일어서서 밖으로 나가야만 하는 사람들이 잠시 머물러 있는 장소에 불과했다.

산이 누나가 그랬던 것처럼 나 역시 때가 되면 학교로, 내가 있어야 할 장소로 돌아갈 것이다. 부엉이 부부도, 박 할아버지도, 그리고 어쩌면 간병인인 도도새 아줌마도 마찬가지였다. 원하는 만큼 머무르는 사람이 있고 그렇지 않은 사람이 있다. 어느 쪽이든 준비를 해야 한다. 오랜 시간 동안 이곳에 있었던 도도새 아줌마에게는 어떤 준비가 필요했을까. 아줌마가 우는 소리를 들으며 그런 생각을 한다.

"전 못 해요."

잠시 뒤에 눈가를 닦으며 몸을 일으킨 도도새 아줌마가 말했다. 휴게실에서 들었던 것과 같은 말이었다.

"전에 저한테 그러셨죠. 시간을 두고 생각해 보라고요. 근데 아무리 생각해도 결론이 나오지 않아요."

박 할아버지는 대답하지 않는다. 그냥 지켜볼 뿐이다.

"전 자신이 없어요."

도도새 아줌마가 도로 자리에 누워 몸을 뒤척이는 소리가 들린다. 산이 누나라면 뭐라고 했을까. 뜬금없이 응급실에서 보았던 낙서가 머릿속을 가득 메운다.

어떤 순간이 닥쳐오더라도 결국에는 스스로가 견뎌 내야 할 몫이다. 절망적인 때에 거짓말처럼 나타나서 도움을 주는 사람은 없다. 물에 빠진 사람이 손을 뻗어 지푸라기를 붙잡을 수는 있어도 이쪽으로 와서 잡혀 주는 지푸라기는 없는 것이다. 그게 비록 지푸라기라고 해도. 박 할아버지는 이런 때에 어떤 말을 하더라도 소용이 없다는 사실을 잘 알고 있었다. 그런 점에서 보면 은근히 음흉한 사람이다.

나는 이불을 목까지 끌어와 덮고 천장을 바라보며 생각에 잠긴다. 교실에서 내가 가장 절실했던 것은 알량한 위로의 말이 아니라 대포였다. 할 수만 있다면 학교를 향해 몇 번이든 쐈을 것이다. 대화로는 아무것도 해결할 수 없다. 시도를 해 보지 않은 것도 아니다. 가장 큰 문제는 어른들의 순진무구한 시선이었다. 애들은 싸우면서 크는 거지. 그런 말이 그럴듯하게 들리던 시대가 있었을지도 모른다. 그러나 지금은 그냥 좆같은 소리에 불과할 뿐이다.

타인을 괴롭히는 행위의 악랄함은 나이에 구애를 받지 않는다. 개새끼는 열일곱 살을 먹든 여든일곱 살을 먹든 개새끼다. 나쁜 놈들은 언제나 나쁜 놈들인 것이다. 교실은 난장판이었고 약자와 강자가 너무나 분명한 싸움판이었지만 아무도 솔직하게 그렇다고 말하지 않았다. 주먹을 얼마나 잘 쓰는가. 공부를 얼마나 잘하는가. 얼굴이 얼마나 잘났는가. 말을 얼마나 잘 늘어놓는가. 모든 기준에 서열이 있다. 전문가랍시고 상담 센터에 자리 잡은 어른들이 몇 마디 한다고 바꿀 수 있는 체제가 아니었다.

도망칠 수 없다. 그런 생각을 하면 주체할 수 없는 절망감이 심장을 움켜쥐었다. 나는 끝도 없이 떨어져 내리고 있었다. 빌까. 애원할까. 하루에도 몇 번이나 뭉개진 자존감으로 교실의 문턱을 밟았다. 왜 서찬희는 시도조차 해 보지 않았을까. 나라면 벽돌이라도 싸 들고 와서 몰래 후려쳤을 텐데. 그러나 끝내 서찬희는 죽이는 것보다는 죽는 게 더 편한 머저리였다. 그래서 그런 짓을 한 것이다. 온통 깨진 유리로 가득한 벌판 위를 맨발로 걷다가 낭떠러지를 발견한 사람처럼, 미련 없이. 홀가분하게.

이틀 뒤에 도도새 아줌마가 일을 그만두었다. 갑작스럽게 나가서 인사를 주고받지도 못했다. 아래층에서 재활 훈련을 받고 올라오니 자리에 없었다. "어떻게 된 거예요?" 박 할아버지에게 물어보자 "관뒀어." 하는 성의 없는 대답이 돌아왔다.

늦은 시간에 병원에 들른 엄마는 도도새 아줌마가 말도 없이 사라진 게 못내 서운한 듯했다. 나는 그럴 만한 사정이 있을 거라고 엄마를 다독였지만 그게 구체적으로 무슨 사정인지는 말하지 못했다. 환자들의 상태를 살펴보기 위해 병실에 들어온 수 간호사는 "잘된 거예요." 하고 혼잣말을 하듯 짧게 중얼거렸다. 박 할아버지는 긍정도 부정도 하지 않았다.

양아영은 그다음 날 정오를 좀 지나서 찾아왔다. 평소보다 며칠 늦은 방문이었다. 나는 양아영이 와도 크게 신경 쓰지 않았던 것처럼 굴겠다고 무던히 다짐했지만 결국 "왜 늦었냐?" 하고 묻고 말았다. 양아영은 평소처럼 노트를 사물함 위에 올려놓고 병실 안을 둘러보다가 "왜? 기다리기라도 했어?" 하고 뻔뻔스럽게 되물었다. 나는 얼굴이 뜨거워지는 걸 느끼면서 고개를 돌린다.

"기다리기는. 규칙적으로 오던 애가 갑자기 안 오고 그러면 궁금해지는 게 당연하지."

"시험 치느라 짬을 낼 수가 없었어."

양아영이 간이침대 위에 걸터앉으면서 말했다.

"시험?"

"중간고사. 내가 너처럼 한가한 줄 알아?"

"물론 바쁘시겠죠."

"시험 끝나고 바로 온 거야. 나한테 고마워해."

"담임이 시켜서 억지로 오는 애한테 고마운 마음 전혀 없거든."

딱히 빈정거릴 의도는 없었다. 그냥 평소에 그러는 것처럼 별 생각 없이 뱉은 말이었나. 그런데도 양아영은 입을 다물고 굳은 표정을 지었다. 새삼스럽게 그거 가지고 삐치다니. 나는 뭐라고 말을 해야 좋을지 몰라 입술을 달싹이다가 그냥 아무 말도 하지 않기로 했다.

조금 뒤에 양아영이 "갈게." 하며 자리에서 일어선다. 적막한 병실 안에 너무 오래 있어서 그런가. 나는 양아영이 조금만 더 있다가 갔으면 하는 바람이 들었다. 벌써 가냐, 는 말이 목구멍까지 올라와서 헛기침을 몇 번 한다.

"곧 퇴원하지? 그럼 이제 난 안 와도 되겠네?"

나갈 채비를 하며 양아영이 묻는다. 나는 고개를 끄덕였다. 대부분 쓸모없이 서로를 할퀴어 대는 말들이었지만 그래도 몇 달간 대화하며 붙인 정이 있는데 아무렇지도 않게 돌아서다니, 매몰찬 계집애다.

"멀리 안 간다."

내가 말했다.

"언제는 나왔니?" 하고 쏘아붙인 뒤 문을 열고 나가려던 양아영은 마침 들어오는 수 간호사와 마주치고 멈추어 선다. 수 간호사는 박 할아버지가 간간이 맞는 수액 백을 들고서 양아영에게 "아니 왜 벌써 가?" 하고 물었다. 수 간호사의 참견이 반가울 때가 있다니 별일이다.

"가서 좀 쉬려고요. 시험이 오늘 끝났거든요."

어른들 앞에서는 항상 바른 생활 청소년인 양아영이 능청스럽게 웃으면서 대답했다. 과연 우등생다운 내숭이다. 수 간호사는 수액을 올리고 박 할아버지의 팔에 바늘을 대면서 입을 열었다.

"잘 봤어?"

"공부한 만큼은 봤어요."

"잘 봤다는 거네? 그럼 축하의 의미로 언니가 한턱 쏠까?"

얌생이 같은 양아영은 이런 제의는 절대로 거절하지 않는다.

"그럼 그럴까요?"

양아영이 가지고 온 노트를 훑어보는 척하며 상황을 살피던 나는 "안 가냐?" 하고 약간 누그러진 투로 물었다. 양아영은 "무슨 상관?" 이렇게 말하고는 간이침대 위에 도로 앉는다.

"아직 밥 안 먹었지? 근처에 괜찮은 식당 많아. 조금 있으면 교대하니까 잠깐 기다리고 있어."

수 간호사는 박 할아버지의 침상을 정리하고서 밖으로 나갔다. 수액을 연결하고 자리에 누운 박 할아버지는 금방 잠에 곯아떨어졌다. 양아영과 나는 서로 아무 말도 하지 않고 어색하게 앉아 있다.

"오늘은 어머니가 안 계시네."

내가 깔고 앉은 침대 시트의 보풀을 뜯어내며 양아영이 말한다.

"우리 엄마지 니네 엄마냐. 그거 그만 뜯어. 침대 없어져."

나는 괜히 퉁명스럽게 내뱉는다.

"알았어."

평소처럼 한바탕 할 줄 알았는데 양아영은 의외로 순순히 고개를 끄덕이고 손을 내렸다. 전투 준비를 하고 있던 나는 살짝 민망해졌다. 잠시 후에 양아영이 묻는다.

"언제쯤 학교에 올 거야?"

나는 묵묵히 앉아 있다. 어쨌든 돌아가기는 하겠지만 구체적으로 언제쯤 그럴 건지는 정해 두지 않았다.

양아영은 잠시 머뭇거리다가 입을 연다.

"너무 미워하지 않았으면 좋겠어."

"미워해? 누가 누굴?"

"너."

"나?"

"강준혁."

나는 눈을 치켜뜨고 양아영을 본다. 양아영의 입에서 나올 거라고는 생각조차 해 보지 않았던 이름이다.

"내가 이런 말을 할 자격이 있는지는 모르겠어. 그래도,"

"맞아, 너는 자격 없어."

나는 양아영의 말을 끊었다.

"강준혁. 씨발 이름만 들어도 구역질이 난다."

"그런 식으로 말하지 마."

양아영이 말했다. 나는 실망스러웠다. 양아영을 좋게 여기는 건 아니지만 그래도 강준혁 같은 새끼를 두둔하고 나올 애라고는 생각하지 않았던 것이다. 내가 모르는 사이에 강준혁이랑 사귀기라도 했나? 빈정거리고 싶은 욕구를 가까스로 참아 내며 고개를 돌린다. 창밖에는 이제 막 찾아온 오후의 쨍한 햇살이 비치고 있다.

"넌 아무것도 몰라."

양아영이 말했다. 알 수 없는 비난을 담은 눈초리로 나를 보고 있다. 나는 대꾸하지 않는다. 거북한 침묵이 병실 안에 내려앉았다. 이건 좀 억울한 상황이었다. 아무것도 모르는 건 양아영이 아닌가?

그러나 내가 입을 열기 전에 수 간호사가 먼저 문을 열고 "됐다." 하며 들이닥쳤다. 양아영은 별다른 말 없이 수 간호사와 함께 밖으로 나간다. "우리가 네 몫까지 열심히 먹어 줄게." 나가면서 수 간호사가 약 올렸다. 나는 받아칠 타이밍을 놓치고 멍청히 앉아 있었다.

양아영이 뱉은 말의 의미를 곰곰이 생각한다. 강준혁이 어떤 식으로 양아영과 얽혀 있는지 모를 일이었다. 찝찝한 기분으로 양아영의 노트를 펼친다. 맨 뒷장에는 어김없이 양아영의 전화번호가 박혀 있다. 처음에 한 번 썼으면 됐지 가져오는 노트마다 보란 듯이 자기 번호를 적어 놓다니 웃기는 애다. 노트를 덮고 침대에 눕는다. 살짝 열린 창문의 틈으로 스산한 바람 소리가 울음처럼 들려온다. 잠시 그렇게 누워 있다가 일어나서 창문을 닫는다.

04

다른 부류의 인간

영원히 끝나지 않을 것 같던 병실 생활도 마무리를 지어야 할 때가 왔다. 나는 지긋지긋한 환자복을 벗고 엄마가 가져온 티셔츠와 청바지로 갈아입었다. 퇴원 절차는 비교적 간단해서 보험 처리에 필요한 서류를 몇 장 떼면 그걸로 끝이었다.

처음 실려 왔을 때 입었던 교복은 피가 너무 많이 묻어서 입을 수가 없었다. 그래도 일단은 환자 물품으로 분류되어 비닐 백에 보관 중이었다. 수 간호사는 필요하지 않으면 병원에서 처리해 줄 수 있다고 했지만 나는 버리지 않고 가져가기로 했다.

"그건 왜 들고 나와?"

엄마가 내키지 않는 표정으로 물었다. 엄마의 입장에서는 악몽 같은 순간을 상기시키는 물건이라 멀찍이 두고 싶은 마음은 나도 이해한다. 그러나 나는 비닐 백을 가방 안에 쑤셔 넣고 "아깝잖아. 비싼 건데." 하고 둘러댔다. 어쩐지 이러지 않으면 안 될 것 같은 기분이 들었다. 안주머니에 있는 유서가 마음에 걸리기도 했고.

퇴원하기 전에 마지막으로 만난 의사는 당분간 일주일에 세 번씩 들러서 물리치료를 받으라고 권했다. "이제 괜찮은 거 같은데 꼭 나와야 해요?" 하고 물었더니 "꼭 그럴 필요는 없지만 아무래도 나오는 게 좋지요."라는 대답이 돌아왔다. 나는 꼭 그럴 필요는 없지만, 에 중점을 두었지만 엄마는 아무래도 나오는 게 좋지요, 라는 부분이 인상적이었던 모양이다. 결국 우리는 일주일에 한 번 치료를 받는 걸로 합의했다.

병실을 나가는 날 박 할아버지가 내게 악수를 청했다. 어디서 그런 힘이 나오는지 손가락이 몽땅 으스러질 뻔했다. 뚫어져라 이쪽을 보면서 "자신을 믿어야 하네." 하고 알쏭달쏭한 말을 했다. 부엉이 부부는 슬쩍 고개만 숙여 보였고 다른 사람들은 밖에 나가 있거나 자는 중이라 인사를 할 필요가 없었다. 엄마는 냉장고에 들어 있던 것들을 미리 준비해 온 종이 가방 안에 담았다. 나는 주 관장이 주고 간 당근 주스를 두고 엄마와 가벼운 말다툼을 했다.

"어차피 안 마실 거니까 놔두고 가자니까."

"애처럼 굴지 마라."

"애거든."

엄마는 그러거나 말거나 내 손에 주스 상자를 넘김으로써 상황을 종료시킨다. 자식 이기는 부모 없다고 누가 그랬는지 모르겠다. 적어도 우리 집에서는 한 번도 그런 일이 벌어진 적이 없다.

수 간호사는 퇴원 선물이라면서 대뜸 티켓을 한 장 내밀었다. 아직 두 달 정도 여유가 있는 경기의 관람권이었다. 아마추어 복싱 결승, 이라고 적혀 있다. 성의 없이 뽑아낸 고딕체의 푸른 글씨가 살짝 번졌다.

"이게 뭐예요?" 내가 묻자 수 간호사는 "산이가 준 거야."라며 웃었다.

"누나가 벌써 결승까지 갔어요?"

표에 박힌 글자들을 읽으며 묻는다. 시에서 주관하는 대회로 장소는 버스를 타면 집에서 대여섯 정류장 떨어진 시민스포츠센터였다. 염병할 놈의 안승범이 시합을 했던 곳이기도 하다.

"글쎄? 아직 시작도 안 했다고 하던데."

수 간호사가 대답했다. 나는 어이없는 웃음을 짓는다. 사람은 이런 식으로 잘난 척을 할 수도 있는 것이다.

엄마는 병원 문턱을 밟으면서 또 눈물을 보였다. 혹시 잘못되는 게 아닐까 걱정했는데 반듯하게 나아서 돌아가는 게 기쁘다고 했다. 아직 왼손의 검지가 완전히 펴지지 않았고 걸을 때마다 허리가 쑤셨지만 나는 잠자코 있었다. 그 정도의 눈치는 있다.

우리 집은 거실에 방이 두 개 딸린, 세 식구가 쓰기에 그런대로 넉넉한 공간이다. 오랜만에 보는 그 넉넉한 공간은 기억하고 있던 것과 미묘하게 달랐다. 무엇이 다르다고 꼬집어 말할 수 없었지만 아무튼 기분이 이상했다. 병원에서 가지고 온 짐을 풀고 약국에서 받은 약봉지들을 책상 위에 올려놓았다.

"학교는 어떻게 할 거야?"

뭘 봤는지 손가방에서 물티슈를 꺼내 들고 다가오며 엄마가 물었다. 잊고 있었는데 엄마는 언제 어디서든 내 얼굴을 닦을 준비가 되어 있는 사람이었다. 어쩐지 그립기도 해서 잠자코 엄마의 손길을 받아 낸다. 한 가지 더 잊고 있던 건 엄마의 물티슈 세례를 받으면 얼굴이 얼마쯤은 뜯겨져 나간다는 사실이다.

"엄마, 나 이제 퇴원한 지 한 시간 지났어."

무자비한 물티슈의 공격에 무너진 얼굴을 쓰다듬으며 입을 연다. 엄마는 "생각할 시간은 충분히 있었잖아. 귀엽게 생긴 반 친구를 생각해서라도 일찍 돌아가는 게 낫지 않아?" 하고 말했다. 나는 대뜸 양아영이 떠올라서 놀란다. 이렇게 즉각적으로 생각이 날 줄은 몰랐다. 내 인생에서 귀엽게 생긴 반 친구, 라는 게 고작해야 양아영같이 고약한 계집애뿐이라니. 서글프다.

"아직 복학 생각은 안 해 봤어."

내가 말했다. 엄마는 "그럼 천천히 결정하도록 해. 서두르지 않아도 괜찮으니까." 하고 대답하고는 공장에 나갈 채비를 했다. 밀린 물건들 때문에 숨 돌릴 틈도 없이 나가는 엄마를 보니 마음이 편치 않았다. 그러나 한편으로는 이제부터 이것저것 알아보고 행동하려면 엄마의 눈길이 닿지 않는 편이 낫겠다는 생각도 들었다.

"아무거나 주워 먹지 말고 냉장고에 반찬 있으니까 밥통에 밥이랑 해서 먹어. 밥 먹고 약도 꼭 챙겨 먹고. 엄마랑 아빠는 이따 새벽에 올 거야. 괜히 안 자고 기다리지 마."

엄마는 한 걸음 딛을 때마다 새로운 걱정거리가 생각나는지 끝도 없이 잔소리를 쏟아 내며 현관 밖으로 나갔다. 나는 일일이 "알아요." "응." "알았어." 하고 대꾸하며 못미더운 표정을 짓는 엄마를 배웅한다. 엄마가 나간 후 컴퓨터 앞으로 가서 앉았다.

내가 세상과 떨어져 있던 지난 오 개월 동안은 전에도 그랬던 것처럼 아무 특별한 일이 벌어지지 않았다. 여전히 사기를 당하거나 다치고 죽고 병든 사람들의 이야기가 가득했다. 나는 짤막하게 서찬희에 대해 쓰인 기사를 찾아낸다. 흐리게 처리된 서찬희의 사진이 작게 박혀서 이쪽을 응시하고 있다. 언제 어디서 어쨌다더라. 나는 무덤덤하게 표현된 서찬희의 마지막을 읽는다. 부실하게 설치된 학교 옥상의 난간이 불러온 참상. 경찰에서는 자세한 경위를 조사 중이다. 기타 등등, 기타 등등.

중요한 이야기는 아무것도 적혀 있지 않다. 나는 기사를 닫고 학교 홈페이지에 들어가 본다. 얼마 전에 끝난 시험의 답지나 곧 있을 행사 따위의 시시한 공지사항이 몇 개 올라와 있을 뿐 서찬희의 사고와 관련된 글은 없다. 몇 페이지를 거쳐서 내려가니 안승범이 출전하는 태권도 시합의 날짜가 정해졌다는 소식이 눈에 들어왔다. 게시된 일정대로라면 시민스포츠센터에서 아마추어 복싱 결승이 끝난 직후에 시작하는 모양이다. 나는 컴퓨터를 끄고 자리에서 일어나 길게 숨을 내쉬었다.

가을의 짧은 해가 서서히 기울고 있다. 나는 이런저런 생각에 잠겨 창밖을 보다가 문을 열고 밖으로 나온다. 그리고 무작정 걷기 시작한다. 아무렇게나 지어진 곳곳의 건물들 때문에 유난히 비좁은 골목길을 빠져나온다. 복잡하게 꼬인 실타래가 머릿속을 가득 헝클어 놔서 정신을 차리는 데 시간이 걸린다. 걸음을 멈추고 고개를 들자 시내에 있는 대형 서점의 간판이 눈에 들어왔다.

나는 책 읽는 걸 별로 좋아하지 않는다. 엄마는 내가 꼼짝 못하고 병실에 누워 있는 상황을 기회로 삼아 하루 종일 재미없는 소설이나 에세이 같은 걸 소리 내어 읽어 주었다. 아마 그때 귀로 들었던 책이 그 전에 눈으로 읽은 책보다 더 많을 것이다. 서점은 어색한 장소였다. 가끔 어쩔 수 없이 참고서나 문제집을 사기 위해 들렀던 적은 있다. 그때도 책이 있는 곳보다는 음반이나 영화 시디가 배치된 장소에 더 오래 머물러 있었다.

하지만 제대로 된 정보를 얻으려면 난잡한 인터넷 공간이 아니라 서점을 통하는 게 훨씬 효과적일 것 같기는 했다. 나는 서점 안으로 발을 들여 필요한 책들을 배치해 놓은 곳으로 걸음을 옮겼다. 베스트셀러와 거리가 먼 책들이라 그런지 제일 끝의 구석에 위치해 있다. 머쓱한 기분으로 한두 권 빼서 훑는다. 서점 안이 바글바글했지만 이쪽으로 오는 사람은 몇 명 없었다.

반 친구를 효과적으로 패는 방법, 같이 노골적인 제목의 책은 보이지 않는다. 다만 똑같은 말을 최대한 에둘러서 표현한 책들이 많이 있었다. 100가지 호신술, 이렇게 하면 나를 지킬 수 있다, 속성 신체 단련법……. 몇 개 빼서 읽어 봤지만 실망스럽게도 하나같이 도움이 되지 않는 내용들이었다. 어떤 건 말이 안 되고 어떤 건 내 능력을 벗어나는 조건을 요구하고.

나는 읽고 있던 걸 집어넣고 기초 권투, 라고 쓰인 책을 꺼낸다. 자연스럽게 산이 누나가 생각났다. 권투는 지겨운 운동이지. 누나가 말했다. 요점만 간단하게 적힌 책은 그렇게 지겹지 않았다. 곳곳에 자투리로 실린 실제 권투 선수들의 일화가 재미있었다. 권투의 기본은 잽과 스트레이트. 왼손으로 가볍게 치고 오른손으로 무겁게 한 방 내지르는 것. 이 정도는 권투의 문외한인 나도 알고 있는 거였다. 하지만 막상 책에 설명되어 있는 대로 몸을 움직여 보니 생각처럼 쉬운 동작은 아니었다.

"뭐 하냐?"

왜 하필 이 시간에 이 장소에 이 자식일까. 나는 화들짝 놀라서 책을 뒤로 감추고 상대를 본다. 가능하면 늙어서 죽을 때까지 우연하게라도 마주치기 싫은 얼굴이었다.

"사고로 뇌까지 다쳤냐?"

"네가 알 바 아니지."

강준혁은 입꼬리를 올리고 소리 없이 웃는다.

"차에 한번 받히더니 좆나 많이 컸다? 운동 배워서 뭐, 복수라도 하시려고? 영화 찍냐?"

강준혁이 언제부터 이쪽을 봤는지 모르겠지만 그대로 책을 감추고 있는 것도 바보 같은 짓이었다. 나는 손에 쥐고 있던 책을 진열대 위에 올려놓는다. 강준혁은 슬쩍 책의 제목을 보고 어처구니없다는 듯 웃었다.

"그딴 걸로 뭐가 될 거 같냐, 병신 새끼야."

나는 아무 말도 하지 않는다. 잠자코 버티고 있으면 알아서 꺼져 줄 거라고 생각했는데 강준혁은 움직이지 않고 우두커니 서 있다. 일 분쯤 지났을까. 나는 책을 집어 들고 강준혁을 무시한 채 먼저 몸을 돌렸다.

"아무것도 하지 마."

강준혁이 등 뒤에서 말한다.

"앞으로도 계속, 아무것도 하지 말고 살아."

나는 강준혁을 보았다. 강준혁은 여전히 그 자리에 서서 나를 바라보고 있다. 할 수만 있다면 당장 뛰어가서 죽빵을 갈기고 싶다. 나는 강준혁의 면상에 방금 전에 연습한 잽과 스트레이트를 날리는 대신 조용히 입을 열었다.

"하나만 물어보자."

나는 잠겨 들어가는 목을 가다듬는다.

"서찬희한테 미안하지 않아?"

강준혁은 무슨 이야기를 하는지 모르겠다는 표정을 지었다가 곧 장난스럽게 웃으며 대꾸했다.

"글쎄? 내가 서찬희를 괴롭힌 건 아니잖아?"

나는 강준혁을 노려본다. 강준혁은 입가에 걸린 미소를 지우지 않고 말했다.

"아무도 미안해하지 않을걸. 제대로 기억하고 있지도 않고. 그건 니가 더 잘 알 거라 생각하는데."

나는 대답하지 않고 돌아섰다. 이번에는 고개를 돌리지 않고 그대로 걸어간다. 문득 양아영의 얼굴이 떠올랐고, 화가 치밀어 올랐다. 계산대에서 책값을 내고 바깥으로 나온다. 혹시나 하는 마음에 서점 안쪽을 살폈지만 강준혁은 보이지 않았다. 빌어먹을 새끼.

그러나 강준혁의 말이 옳다는 생각을 떨칠 수가 없다. 아무도 미안해하지 않는다. 한 번도 그런 걸 본 적이 없다. 나쁜 행동이라는 건 모두가 알고 있지만 크게 신경 쓰지 않는다. 서찬희는 처음부터 우리와는 다른 인간이었기 때문이다.

우리는 같지 않았다. 같은 교복을 입었고 같은 머리 모양을 했고 같은 학교에서 같은 수업을 받았지만, 우리는 결코 같은 인간일 수 없었다. 어떤 기준에서 그런 게 정해지는지 나는 알 수 없다. 다만 어느 날, 어느 순간, 반 아이들이 밀어내는 다른 부류의 인간이 생겨날 뿐이다. 서찬희에게는 이래도 돼. 서찬희라면 상관없어. 서찬희, 서찬희, 서찬희.

나는 책을 구겨 쥐고 근처의 벽에 기대어 잠시 숨을 고른다. 싸워 봐. 싸워 봐 이 좆밥 새끼야. 안승범 패거리와 스파링을 하고 있던 서찬희는 끝까지 주먹을 들지 않았다. 왜? 태생부터가 좆밥이라서? 싸움을 할 줄 몰랐기 때문에? 아니, 그렇지 않았다. 나는 서찬희가 왜 싸우지 못했는지 알고 있었다. 본인의 입으로 그 이유를 들은 적이 있다.

점점 아무것도 느낄 수가 없게 돼. 서찬희가 말했다. 나는 그냥 공기처럼 부유하는 인간이 되어 가는 거야…….

지금에 와서 돌이켜 보면 정작 서찬희가 어떤 인간이었는지 기억이 나지 않는다. 안승범 패거리가 몰려들기 전, 그러니까 우리가 아직 친구였던 시절의 서찬희는 누구였을까. 무엇을 믿고, 무엇을 추구하고, 무엇을 사랑했을까. 교실 벽 한구석에 무성의하게 쓰인 낙서가 지워지듯 서찬희는 점점 흐려져 갔다. 최후의 순간에도 별 느낌 없이 그렇게 붕 떠서 사라졌을까. 서찬희의 마지막을 기억해 보려고 한다. 하지만 아무리 애를 써도 떠오르지 않았다.

다음 날 나는 산이 누나를 찾아가기로 결심했다. 서점에서 사 온 책은 권투의 기초를 이해하기에는 좋은 입문서였지만 실제로 도움이 될지는 알 수 없었다. 산이 누나에게 가면 왠지 일이 잘 풀릴 것 같은 예감이 들었다. 굳이 그런 이유가 아니더라도 퇴원 후에 한 번쯤은 따로 만날 기회가 있기를 바랐다.

아침 일찍 엄마와 아빠가 출근한 뒤 점심때까지 기다렸다가 집을 나왔다. 병원에서 주 관장에게 받아 놓은 명함 뒤에는 체육관의 약도가 조그맣게 그려져 있다. 찾아가는 방법이 구체적으로 나와 있는 게 아니라서 조금 헤맬 수도 있겠다는 생각이 들었다. 집에서 체육관까지는 버스를 타고 삼십 분이면 충분한 거리였지만 나는 한 시간 반을 날렸다. 잘못된 방향으로 가는 걸 타서 엉뚱한 곳에 내렸기 때문이다. 지나가는 사람들을 몇 번이나 붙잡고 물어본 끝에 간신히 체육관의 입구를 밟을 수 있었다.

곳곳에 지저분하게 널린 글러브나 샌드백 따위를 기대하며 문을 열었는데 의외로 깔끔하게 정돈되어 있는 모습이 눈에 들어왔다. 주 관장이나 산이 누나를 보면서 어렴풋이 상상하던 낡은 체육관이 아니었다.

한가운데 위치한 링 저편으로 산이 누나가 출전하는 아마추어 복싱 대회의 응원 현수막이 보인다. 커다랗게 출력된 누나의 얼굴 옆으로 권투 요정 오산이, 라는 얼토당토않은 글씨가 부담스럽게 박혀 있다.

체육관에는 아무도 없다. 나는 당황스러운 기분으로 멈춰 서 있다가 "계세요?" 하고 덜떨어진 소리를 하면서 안으로 들어섰다. 사진으로 찍은 듯 공기마저 굳어 있는 체육관은 어쩐지 으스스했다.

"아무도 안 계세요?" 하고 재차 목소리를 내다가 천장 위로 튀어오를 뻔한다. 바로 옆에서 "아무도 안 계신다." 하는 소리가 들려왔기 때문이다. 이쪽에서는 보이지 않는 카운터 아래쪽에서 인기척이 났다. 상대는 부스스한 꼴로 일어서다가 카운터 모서리에 머리를 호되게 부딪치고는 욕설을 뱉으며 얼굴을 내밀었다. 저런 멍청한 짓을 하는 사람이라면 아마도 주 관장이 아닐까 싶었는데 역시 그렇다.

"어, 오랜만이네. 여긴 어쩐 일?"

자다가 일어난 모양인지 피곤에 찌든 표정으로 주 관장이 묻는다. 나는 순간 말문이 막혀서 "왜 아무도 안 계세요?" 하고 또 덜떨어진 소리를 했다.

"쉬니까 아무도 안 계시지. 밖에 당분간 휴관한다고 붙여 놓은 거 못 봤어?"

들어오면서 그런 표시를 본 기억이 없었기 때문에 나는 "그런 거 못 봤는데요." 하고 대답한다. 그러자 주 관장은 잠깐 멍한 표정으로 내 얼굴을 보다가 "생각해 보니까 안 붙여 놨구나." 하고 뻔뻔스럽게 웃었다. 여전히 어딘가 나사 하나가 빠진 것 같으면서도 열받는 인간이었다.

"날 만나러 왔을 리는 없을 테고. 오산이?"

주 관장은 벌써 잠이 달아났는지 호기심 어린 눈초리로 이쪽을 보며 묻는다. 나는 골이 더 아파지기 전에 궁금한 것만 물어보고 빠지기로 결심한다.

"누나 안에 있어요?"

"없어."

"그럼 갈게요."

고개를 까딱 숙이고 돌아서는데 주 관장이 "기다려 봐, 매정한 놈아." 하고 불러 세운다. 나는 입구 앞에 서서 주 관장을 바라본다.

"곧 시합 있는 선수가 집에서 쉬는 거 봤어? 오산이도 나도 당분간 여기 붙어 있을 거야. 좀 전에 워밍업하러 나갔으니 슬슬 올 때 됐다."

이렇게 말하면서 주 관장은 창가 쪽에 놓인 간이의자를 가리켰다. 어떻게 할까 잠시 망설이다가 의자에 가서 앉는다.

"근데 오산이는 왜?"

링 한구석에 놓인 주전자를 들고 컵에 물을 따르며 주 관장이 슬쩍 질문을 던진다. 지나가는 투로 묻긴 했어도 실은 그게 제일 궁금한 모양이다. 나는 "그냥 어떻게 지내나 해서요. 시합 나간다는 소식도 들었고." 하고 대충 둘러댔다. 주 관장은 물을 두어 모금 들이켠 뒤 링의 가장자리에 걸터앉는다.

"현수막은 누가 만들었어요?"

"내 작품이다."

"누나가 싫어하죠?"

"좋아하던데."

"뻥치지 마요."

주 관장의 표정을 보니 뻥이 맞다. 내가 현수막의 주인공이었다면 현수막뿐만 아니라 이걸 만든 사람까지 같이 구겨서 창고에 처박았을 거다. 산이 누나의 감상은 어땠을까. 아마 일곱 번쯤은 주 관장의 엉덩이를 걷어차지 않았을까.

"여기는 왜 왔냐?"

주 관장이 다시 화제를 돌렸다. 나는 "아까 말했잖아요." 하고 대수롭지 않게 대답했다. 그러자 주 관장은 묘한 웃음을 띠면서 이쪽을 본다. 다 알아 자식아, 하고 말하고 싶은 듯한 표정이었다.

"다 알아 자식아."

"알긴 뭘 알아요."

"네 나이 또래의 남자애들이 권투 도장에 찾아오는 이유가 뭐겠냐? 패고 싶은 애가 있는 거 아냐?"

나는 입을 다문다.

이렇게 드러내 놓고 보니 병원에서 재활 훈련을 받으며 이를 갈던 내 계획이라는 게 참 초라했다. 기껏 '내 나이 또래의 남자애들이 권투 도장을 찾아오는 이유'다. 그 정도로 정리되어서는 안 된다고 반박하고 싶었지만, 막상 뭐가 어떻게 안 되냐고 따져 물으면 제대로 설명할 자신이 없다.

패고 싶은 애. 나도 모르게 주먹을 움켜쥐고 허공을 노려본다. 서찬희를 가운데 두고 돌아가며 스파링을 하던 안승범 패거리의 얼굴이 하나둘 눈앞에 떠올랐다. 옆에서 팔짱을 끼고 구경하던 강준혁 그 개새끼의 얼굴도.

서찬희라면 이걸 뭐라고 설명했을까. 패고 싶은 애? 아니, 그렇게 말하지는 않았을 거다. 이건 그런 시시한 보복의 욕구보다 더 깊고 절실한 곳에 뿌리박고 있는 감정이었다. 끝나지 않는 악몽과, 해소되지 않은 갈증에 관한 문제였다. 그러나 그런 것들까지 주 관장에게 시시콜콜 이야기할 수는 없다.

나는 속내를 감추고 말한다.

"책 보고 연습해 봤는데 잘 안 되더라고요."

"뭘 연습했는데?"

"그냥 기초적인 거요."

"그러니까 뭐?"

"잽이나 스트레이트 같은 거요. 복잡한 기술은 필요 없어요. 저 같은 완전 초짜도 빠르게 익혀서 써먹을 수 있는 걸 배우고 싶어요."

주 관장은 턱을 쓰다듬으며 웃는다. 중학교 때 시 쓰기 숙제로 유행가의 가사를 베껴서 가져갔을 때 담임이 짓던 표정하고 비슷했다. 교실 뒤에서 사십 분 동안 손을 들고 서 있으면 나중에 몸을 움직일 때 뼈에서 쇠가 갈리는 소리가 난다.

주 관장은 나에게 체육관 뒤로 가서 손들고 서 있으라고 말하는 대신 링 옆의 사물함으로 걸어가서 글러브 형식의 펀칭 패드를 하나 꺼내 던져 주었다.

"이건 왜요?"

"오산이가 쓰는 거야."

나는 패드를 살펴본다. 산 지 얼마 되지 않은 듯 빳빳하고 깔끔하다. 주먹으로 치는 부분만 닳고 해져서 흐물흐물 늘어졌다. 산이 누나가 얼마나 열심히 쳐 댔을지 대충 짐작이 간다. 주 관장은 패드를 도로 가져가면서 입을 열었다.

"빠르게 익혀서 써먹을 수 있는 기술 같은 건 없어. 하루에 대충 천 번 정도 주먹을 내지른다고 치면 열흘에 만 번, 일 년이면 삼십 만이 넘어간다. 그게 다 잽이랑 스트레이트야. 운동은 거짓말을 하지 않아. 단기간에 큰 변화가 오거나 하는 일이 없다. 그저 조금씩, 천천히 쌓아 올리는 과정인 거지. 내가 한때 그랬고 오산이가 지금 그러는 것처럼."

"전 운동할 생각 없어요."

주 관장은 내가 뭔가 깨달음을 얻었으면 하는 눈치였지만 나는 이런 장황한 연설이 성가실 뿐이었다.

"다 안다면서요. 그럼 저한테 필요한 게 뭔지도 아실 거 아니에요."

"알지. 그게 얼마나 바보 같은 생각인지도 알아."

그런 바보 같은 생각조차 품지 못해서 사라진 사람이 있다. 나는 고개를 젓고 자리에서 일어섰다. 주 관장이 더 말하지 않아도 무슨 말이 나올지는 뻔했다. 그런 건 필요 없다. 나에게 필요한 건 어디 써먹지도 못할 운동 철학이 아니라 당장 유용하게 쓸 수 있는 싸움의 기술이다.

"친구가 밉고 죽일 놈 같겠지만 잠깐의 감정일 뿐이야. 인생 길거든. 싫은 친구를 평생의 짐으로 끌어안고 살 필요는 없는 거다."

"친구요?"

내가 말한다. 하도 세게 주먹을 쥐고 있어서 손톱 끝이 살 속으로 깊숙이 파고드는 게 느껴졌다.

"어른들 눈에는 우리가 다 친구처럼 보이나 보죠?"

안승범, 강준혁, 그 외 나머지 개새끼들. 우리는 절대 친구가 아니었다. 죽었다 깨어나도 우리는 친구가 될 수 없었다. 어른들은 그런 걸 이해하지 못한다. 웃기는 일이었다. 정작 본인들도 서로 쉽게 어울리지 못하면서, 중학교 고등학교 다니는 애들은 전부 다 친구들이라고 아무렇지도 않게 싸잡아 버린다. 같은 반 친구들. 염병할 놈의 같은 반 친구들. 그렇게 엉성하게 묶어 놓은 테두리 안에서 얼마나 역겨운 일들이 벌어지고 있는지 누가 짐작이나 해 봤을까.

친구끼리 지내다 보면 장난도 칠 수 있는 거고 그러다 좀 격해지면 싸움도 날 수 있는 거고……. 서찬희가 안승범에게 심하게 맞고 집에 간 다음 날 대독이 담임 대신 전화를 받으며 꺼냈던 말이다. 서찬희의 어머니는 몸이 약해서 대부분의 날들을 자리에 누워 시름시름 보냈다. 공사판을 전전하며 식구들 입에 풀칠하느라 바빴던 서찬희의 아버지는 아들의 학교생활에 신경을 쓸 여유가 없었다. 그래서 그렇게 지나갔을 거다. 대독의 말을 믿었을 테니까.

"때리면 기분이 나아질 거 같냐?"

주 관장이 묻는다. 툭툭 싸가지 없게 대답했는데도 별로 화를 내는 기색이 아니었다. 나는 체육관 바닥으로 시선을 떨군다. 기분이 나아질 거 같냐고? 그런 걸 어떻게 알 수 있단 말인가.

"결국 똑같은 놈이 될 뿐이라는 건가요? 참고 견디는 게 이기는 거라고, 관장님도 그렇게 말할 거예요?"

"참고 견디는 건 이기는 게 아니야. 그냥 참고 견디는 거지."

그러면서 주 관장은 아까 펀칭 패드를 꺼낸 사물함 안에서 뭔가를 찾기 시작했다.

"너 혼자만 아프게 사는 게 아니다. 안 그런 거 같아 보여도, 사람들이 다 그렇게 사는 거야. 애든 어른이든."

나는 주 관장이 사물함에서 꺼내 주는 낡은 글러브를 받아 든다. 막 써서 낡은 게 아니라 그저 오래 사용해서 세월의 흔적이 박혔을 뿐인, 손질이 잘된 물건이었다.

"이게 뭐예요?"

"빌려줄게. 내일부터 나와."

"그러니까 저는 운동을 하고 싶은 게……,"

"알아, 자식아. 주먹 쓰는 법이 배우고 싶은 거 아냐? 가르쳐줄게. 대신 조건이 있어."

그걸로 끝이었다. 주 관장은 더 말하지 않고 처음 나타났던 카운터 쪽으로 걸어간다. 나는 글러브를 손에 쥐고 주춤거리며 주 관장의 뒤를 따랐다.

"갑자기 왜요? 왜 절 도와주신다는 거죠?"

"오산이 같은 애보다는 내가 더 잘 가르칠 수 있으니까."

"그것뿐이에요?"

"그것뿐이야."

주 관장이 카운터 밑으로 들어가 누우면서 귀찮다는 듯 대답한다. 나는 어쩐지 석연치 않은 기분이 들어 다시 묻는다.

"조건이 뭔데요?"

"그건 적당한 때가 오면 내가 알아서 이야기할 거다. 이제 잘 거니까 말 걸지 마."

나는 주 관장이 요구한 대로 묵묵히 글러브를 옆구리에 끼고 돌아선다. 처음에 생각했던 거랑 상황이 다르게 흘러갔지만 어쨌든 바라고 있던 바는 이룬 셈이다.

덩치만 큰 저능아 새끼 같아도 오랜 연습으로 다져진 안승범의 태권도 실력은 진짜였다. 내가 해야 할, 그리고 서찬희가 진작부터 했어야 할 행동을 취하려면 앞으로 얼마의 시간이 더 필요할지 모르겠다. 그러나 한 가지 분명한 건 내가 혼자 머릿속으로만 그리고 있던 막연한 계획이 드디어 그 실마리를 찾게 되었다는 것이다.

05

그냥 그렇게 벌어지는 일

일주일 정도는 체육관에 다니면서 쉬려고 했는데 며칠 버티지 못하고 학교의 문턱을 밟았다. 날마다 걱정스러운 눈길을 보내며 타박하는 엄마를 이기지 못했기 때문이다. 이 주마다 찾아와서 밀린 진도가 적힌 노트를 건네던 사람이 없어졌다는 게 결정적인 이유였다. 졸업하자마자 아빠가 차린 공장에 들어갈 생각인 나로서는 성적이야 어찌 됐든 졸업만 하면 그만이었지만, 엄마는 그렇지 않다는 게 문제다. 아직도 내가 번듯한 대학에 가서 남들처럼 공부하며 허송세월을 보내길 바란다.

등교하는 아이들과 마주치고 싶지 않아 일부러 정오쯤 집을 나왔다. 오랜만에 찾아간 학교는 박제된 것처럼 변함없이 그 자리에 우뚝 서 있다. 전화로 물었더니 담임은 오늘이라도 바로 복학해서 수업을 받는 게 좋겠다며 별 시답지 않은 권유를 했다. 나는 일단 복학에 필요한 절차부터 마치고 천천히 들어가겠다고 대꾸하고는 전화를 끊었다.

행정실은 2층 끝에 있다. 점심시간이 끝나고 5교시 수업 중인 학교 안은 희미하게 들리는 선생들의 목소리나 간간이 이는 아이들의 웃음소리를 제외하면 무서울 정도로 조용하다. 나는 발소리로 시선을 끌지 않도록 주의하면서 복도를 지난다. 우리 반 앞을 지날 때는 특히 신경을 썼다. 괜히 눈에 띄기라도 하면 얍삽한 애새끼들이 저마다 한마디씩 꺼내며 수업을 뭉개려고 들 거다.

하지만 눈도 돌리지 않겠다고 다짐하면서도 창가로 시선이 가는 건 어쩔 수가 없다. 나는 걷는 속도를 늦추고 살짝 고개를 숙여서 교실 안을 훔쳐본다. 궁금했던 얼굴은 바로 찾아낼 수 있었다. 다섯 달이 지났는데도 여전히 전에 있던 자리에 그대로 앉아 있었으니까. 양아영은 약간 멍청한 표정으로 수업을 듣고 있다. 잡생각을 하고 있는 게 분명하다. 저런 애가 무슨 재주로 그렇게 깔끔하게 노트를 정리해서 가져왔는지 모르겠다.

양아영뿐만 아니라 다른 애들도 원래 자리를 유지하고 있는 걸 보면 그동안 자리 이동은 없었던 것 같다. 서찬희의 빈자리에 아무도 앉고 싶어 하지 않았기 때문일까. 반대편 창가 뒤편에 하얀 꽃 한 무더기가 놓여 있는 게 보였다.

태권도 시합을 준비하는지 맨 뒷자리에 앉아 있어야 할 안승범은 보이지 않았다. 굳이 보고 싶은 얼굴도 아니었기 때문에 그대로 고개를 돌리고 걸어간다.

복도의 중간쯤에서 학교의 자랑, 이라고 적힌 게시판을 보고 걸음을 멈춘다. 육 개월 동안 자랑할 게 지지리도 없었는지 안승범의 동메달 획득 기사가 아직도 걸려 있다. 어느 정도 예상은 하고 있었지만 막상 눈앞에서 보니 화가 치밀어 올랐다. 좆같은 예상은 틀리는 법이 없다. 나는 텅 빈 복도에 서서 안승범의 사진을 노려본다. 메달을 목에 걸고 단상 위에 올라 있는 안승범은 어딘가 불만스러운 표정을 짓고 있다.

액자를 뜯어서 창문 바깥으로 집어 던지고 싶은 충동을 억누르고 안승범의 얼굴을 뒤로한 채 행정실로 향했다. 우리가 만드는 웃음이 피는 학교, 라는 전에 본 적 없는 캠페인 문구 아래 행정실 명패가 보였다. 서찬희가 죽고, 또 얼마 지나지 않아 내가 병원에 실려 가는 바람에 학교 분위기가 좋지 않다는 건 알고 있었다. 주기적으로 찾아오던 오지랖 넓은 양아영이 물어보지 않아도 이것저것 말해 줬던 것이다. 그렇다고 해도 우리가 만드는 웃음이 피는 학교라니. 이따위 문구는 대체 누가 생각해 내는 걸까?

“이야, 퇴원했구나?”

아무하고도 만나지 않고 빠르게 일을 처리하려던 계획은 실패

했다. 행정실 안에 들어서자마자 대독과 눈이 마주쳤던 것이다. 대독이 가끔 행정실에 들러서 담당 직원 누나에게 집적거린다는 건 누구나 다 아는 비밀이었다. 이 자식은 학교의 어디든 예쁘장한 여자만 있으면 기필코 나타나서 수작을 부린다. 우리 반 일에 유난히 관심이 많은 것도 담임 때문이다.

"많이 다쳤다고 하더만 쌩쌩하다? 다 나은 거냐?"

나는 어정쩡하게 서서 고개를 숙이고 대독에게 인사하다가 등짝을 한번 크게 얻어맞는다. 하마터면 앞으로 고꾸라질 뻔했다. 딴에는 친근감의 표시라고 생각한 것 같은데 나는 아무렇지도 않은 대독의 손찌검이 굉장히 불쾌했다. 교통사고 후유증이 무섭다는데 이 등신 같은 새끼는 그런 것도 모르는 모양이지.

"아직 다 나은 건 아니고요. 물리치료받고 해야 된대요."

"그러냐? 아무튼 니가 이렇게 멀쩡하게 돌아온 걸 보면 박 쌤도 좋아하실 거야. 아직 안 만났지? 박 쌤한테 잘해 짜식아. 이따 가서 인사도 좀 드리고. 다른 반도 아니고 자기 반에서 그런 사건이 두 개나 터졌는데 속이 남아나겠냐? 가뜩이나 소심한 사람인데."

나는 억지로 웃는 시늉을 하며 가져온 서류를 접수처에 내놓는다. 방금 전까지 대독에게 시달리고 있었을 게 뻔한 직원 누나가 나랑 비슷한 웃음을 지어 보이며 "잠깐 기다리고 있을래?" 하고 옆의 의자를 가리켰다. 나는 "아, 그러고 보니까……," 하면서 직원 누나에게 돌아서는 대독을 뒤로하고 의자에 가서 앉는다.

반년은 걸릴 거라고 본다. 언제쯤 내가 준비될 수 있겠냐고 묻자 주 관장은 조금의 망설임도 없이 이렇게 답했다. 짧게 잡은 거야. 그것도 니가 죽기 살기로 연습한다고 가정했을 때. 나는 주 관장에게 기간을 더 단축시킬 방법은 없냐고 물어보지 않았다. 내 계획을 탐탁지 않아 하는 주 관장이 반년이라는 시간을 던져놓고 이쪽의 반응을 살피려 든다고 생각했기 때문이다. 그게 아니면 자연스럽게 내 마음이 누그러지기를 기다릴 작정인지도 모르고. 어느 쪽이든 우선은 몸을 단련하는 게 나은 선택이었다.

내가 됐다고 말할 때까지는 섣불리 나서지 마라. 아무하고도 싸우지 않는 거야. 알겠어? 주 관장이 말했다. 나는 고개를 끄덕였다. 주 관장은 기초부터 시작하자, 하면서 줄넘기를 건넸다. 시합이 코앞인데 애송이가 방해나 하고. 산이 누나는 이렇게 말하면서도 내가 체육관에 나오는 걸 반기는 눈치였다. 주 관장과 둘이서만 오랜 기간 트레이닝을 하다 보면 길가에 돋은 풀때기 하나에도 정을 주게 된다면서. 체육관에 다니던 다른 사람들은 어떻게 된 거냐고 주 관장에게 물었더니 당분간 시합에 집중하기 위해 문을 닫았다고 했다.

그러니까 너는 특별 관원인 거야. 영광으로 생각해. 이 말을 끝으로 주 관장은 산이 누나와 함께 로드워크를 하러 나갔다. 그리고 영광스러운 특별 관원은 아무도 없는 체육관에서 두 사람이 돌아올 때까지 혼자 줄넘기를 했다. 시간은 삼십 분에서 사십 분 사이. 주 관장과 산이 누나가 돌아오면 조금 쉬었다가 다시 삼십 분에서 사십 분 정도를 더 했다. 그러면 그날의 운동은 그걸로 끝이었다. 다음 날도, 그다음 날도. 이게 무슨 도움이 된다고 그래요? 하고 물어도 주 관장은 기초가 가장 중요한 거야, 라며 넘길 뿐이었다. 주 관장 몰래 샌드백도 쳐 보고 책에서 본 스트레이트 동작도 연습해 봤지만 뭐가 달라지지는 않았다.

그렇게 삼 일을 보냈다.

"학생, 이쪽으로 오세요."

나는 상념에서 깨어나 자리에서 일어선다. 대독은 손목에 찬 시계를 들여다보고는 "그럼 저는 수업 준비하러 이만." 하면서 밖으로 나갔다. 질린 표정의 직원 누나가 작게 한숨을 내쉰다.

"다 됐나요?" 하고 묻자 직원 누나는 복학이 정상적으로 처리되었음을 알리는 서류를 내밀었다. 장기 입원으로 수업의 3분의 1 이상을 빠진 탓에 원래대로라면 유급을 해야 하지만, 다행히 정상 학년에 복학할 수 있었다. 양아영을 통해 계속해서 밀린 진도를 빼며 몇 개의 과제들을 첨부해 둔 게 인정을 받은 모양이다. 끔찍했던 1학년을 다시 겪지 않아도 된다는 사실에 나는 일단 안도했다.

"고맙습니다."

"열심히 해."

서류를 품 안에 넣고 일어서려는데 직원 누나가 응원한다는 듯 주먹을 쥐고 흔들어 보였다. 나도 어정쩡하게 주먹을 흔들어서 대답을 대신한다.

앞으로 바빠지겠구나. 문득 그런 생각이 들었다. 체육관에 다니면서 공부도 대충은 해 둬야 할 테니까. 괜한 걱정을 달고 사는 엄마를 조금이라도 안심시키려면 원래 받던 성적 정도는 내 줘야 했다.

행정실 밖으로 나와서 계단을 내려가는 도중 5교시의 끝을 알리는 종소리가 들렸다. 나는 당황해서 걸음을 멈춘다. 저마다 뭐라고 떠들어 대며 복도로 쏟아지는 아이들의 모습이 보였다. 쓸데없는 인사는 아까 대독을 만나서 한 걸로 충분하다. 나는 몸을 돌려 계단을 오르기 시작했다. 쉬는 시간으로 주어지는 십 분 동안 화장실에라도 들어가 있을 심산이었다.

그런데 어떻게 된 일인지 나는 계속해서 계단을 올라간다. 정신을 차렸을 땐 이미 옥상의 문을 여는 중이었다. 옥상의 자물쇠는 디지털 방식이라 비밀번호만 알면 출입이 가능하다. 서찬희가 죽은 뒤에는 일주일 단위로 번호를 바꾸는 모양이지만 바뀐 번호를 모르는 사람은 없었다. 운동부에서 쓰는 비품 창고가 옥상 위에 있기 때문이다. 대독이 심부름을 보내며 운동부 애들에게 흘린 번호는 금방 다른 학생들에게 퍼져 나갔다. 바뀌는 패턴이 일정했고 어렵지 않은 방식이었기 때문에 옥상에 오를 일이 없는 양아영도 알고 있었다. 고정된 번호가 두 개, 나머지는 바뀌는 날의 날짜다.

문을 열고 들어선 옥상 끝의 난간에는 못 보던 철조망이 덧씌워져 있다. 철조망 가운데 위험! 접근 금지, 라고 쓰인 커다란 경고 문구가 보인다. 나는 천천히 걸어간다. 심장이 미친놈처럼 뛰었다. 정신 차려, 서찬희. 어딘가에서 내가 말했다. 정신 차려 이 새끼야.

철조망 앞에는 교실에서 본 것과 같은 하얀 꽃이 놓여 있다. 시간이 제법 흘렀지만 여전히 서찬희를 기억해 주는 사람이 있다는 걸까. 나는 더 걸어가지 않고 창고에 기대 주저앉는다. 부탁해. 서찬희는 말했다. 너밖에 없어. 나는 가만히 앉아서 서찬희의 말을 곱씹어 본다.

"씨발 깜짝이야. 퇴원했냐?"

단체로 나랑 마주치자고 의논이라도 했는지 요즘 들어 영 재수 없는 놈들만 여기저기서 튀어나온다. 처음에는 강준혁, 그다음에는 대독, 그리고 이 자식이다. 나는 고개만 슬쩍 들어서 말을 건 상대를 본다. 담뱃갑을 손에 쥔 안승범이 그림자를 드리우고 서서 이쪽을 내려다보고 있다.

"뭐 있는 줄 알고 좆나 놀랐잖아, 새끼야. 차에 치여서 뒤질 뻔했다더니 생각보다 멀쩡하네?"

시합 연습을 하다 왔는지 도복 차림에 잠바만 걸쳤다. 운동한다는 놈이 담배 하나 태우겠다고 여기까지 올라오다니. 나는 목구멍으로 올라오는 욕설을 집어삼키고 말없이 앉아 있다. 안승범은 태연하게 담배에 불을 붙이고 깊이 빨아들인다. 입가에 머금은 연기를 굳이 이쪽으로 뱉어 내는 걸 보면 싸가지는 여전하다.

"뭐 주워 먹을 게 있다고 돌아왔냐? 그냥 찌그러져 있지."

담배 끄트머리의 타들어 간 재를 떨어내면서 안승범이 말했다. 나는 이번에도 대답하지 않는다. 그러자 안승범은 재미있다는 듯 피식 웃더니 쭈그리고 앉아서 내 얼굴을 빤히 바라보았다.

"뭔데? 표정 좆같다?"

나는 이를 악물고 안승범을 마주 본다. 안승범은 담배 연기를 길게 뿜어내면서 입꼬리를 올리고 웃었다. 결국 모든 게 다 이 새끼 때문이다. 그토록 많은 일이 벌어졌는데도, 이 자식은 여전히 태연한 표정으로 상처 하나 없이 잘 살고 있다. 세상은 불공평해. 서찬희는 그런 말을 했다. 왜 이렇게 불공평한 세상이 됐는지 알아?

"야, 내가 웃으니까 씨발 만만해 보이냐?"

안승범이 물었다. 나는 아무 대꾸도 하지 않는다. 내가 안승범에게 하고 싶은 말은 하나뿐이다. 그러나 아직은 그 말을 꺼낼 때가 아니었다. 적어도 겨울방학 전까지는 참아야 한다. 주 관장이 아무리 말려도 때가 되면 나는 입을 열 거다.

"눈 깔아."

반도 다 피우지 않은 담배를 이쪽으로 튕겨 내며 안승범이 말했다. 담배의 불똥이 어깨에 맞아 눈부시게 튀었다. 나는 안승범을 노려보고 있다. "눈 깔라고 씨발놈아." 안승범이 다시 말한다. 나는 잠시 머뭇거리다가 시선을 아래로 내렸다.

시간도 장소도 모두 맞지 않다. 안승범을 자극해 봐야 좋을 게 하나도 없는 상황이었다. 머릿속으로는 그렇게 생각했지만 분한 마음에 몸이 떨리는 건 어쩔 수 없다. 굴욕감. 안승범은 다른 사람에게 그런 감정을 심어 주는 걸 누구보다 앞장서며 즐기는 인간이었다. 이런 놈이라도 국위선양을 하겠다며 태권도 성적을 올리면 다들 옳다구나 박수를 쳐 준다. 누군가는 그걸 바로잡아야 했다.

"이제 학교 나오나 본데, 앞으로도 계속 눈 깔고 다녀. 알았냐, 이 재수 없는 새끼야. 주둥이 함부로 놀리지 말고. 그래 봤자 서로 좋을 거 없잖아. 아니면 여기서 뒤지게 맞고 병원 다시 갈래?"

나는 입을 다물고 있다. 안승범은 피식 웃고 몸을 일으켰다.

"병신, 쫄기는. 한 대 더 태울 동안 꺼져."

옥상에서 나가기 위해 일어선다. 안승범의 말을 그대로 따르고 싶지는 않았지만 굳이 버티고 있을 이유도 없었다. 어차피 쉬는 시간 동안 잠시 피해 있기 위해 들른 곳이다. 문을 열고 나가는데 등 뒤에서 "좆도 아닌 새끼가." 하는 소리가 들렸다. 그대로 계단을 내려간다.

6교시는 벌써 시작했고 복도에는 아무도 없었다. 1층으로 내려오는 도중 나는 입을 틀어막고 화장실로 향했다. 급하게 도착한 변기 안에 속을 비워 낸다.

오랜만에 만난 안승범은 전보다 더 크고 단단해 보였다. 내가 병원에서 부서진 몸을 추스르기 위해 안간힘을 쓰는 동안 안승범도 놀고만 있지는 않았다는 증거다. 유명 체육 대학에 가기 위해 공부도 포기하고 태권도만 죽어라 연습하던 놈이다. 대체 그런 놈과 뭘 해 볼 생각이었던 걸까? 세면대 앞에서 입을 헹구고 차가운 물에 몇 번이나 세수를 하며 냉정하게 생각해 보려고 애썼다. 최악의 경우에는 준비될 때까지 최소 반년이라던 주 관장의 말을 믿고 따르는 수밖에 없다.

반년이라고? 세면대 앞의 거울에는 아무리 다르게 보려고 해도 겁에 질렸다고밖에 표현할 수 없는 멍청이가 불안한 표정으로 이쪽을 보고 있다. 손바닥으로 얼굴을 한번 쓸어내리고 크게 숨을 들이쉰다. 고작 한 번의 만남으로 주눅이 든 자신이 혐오스럽다. 한편으로는 이쯤에서 자기 주제를 알고 그만두는 게 낫지 않을까 하는 비겁한 생각도 든다.

너 같은 놈들이 제일 나빠. 나는 이를 악물고 거울 속의 겁쟁이를 노려본다. 내가 정말로 원망스러운 건 너야. 물기에 젖은 얼굴을 소매로 대충 문지르고 화장실 밖으로 나온다. 안승범이 아무리 위압적이어도 달려오는 트럭보다 더할 수는 없다. 트럭에도 치여 봤는데 그깟 태권도가 대수겠어. 머리를 흔들어서 어지럽게 뒤엉킨 생각을 털어 낸다.

복도를 지나며 다시 한번 우리 반 교실 안을 힐끗 보았다. 마침 양아영이 뭔가를 열심히 발표하는 중이었다. 잠깐 지켜보다가 우연히 눈이 마주친다. 양아영이 놀라는 표정을 지었고 나는 재빨리 고개를 돌려 뛰다시피 교실에서 멀어졌다. 심장이 입 밖으로 튀어나올 것처럼 뛰었다. 정신 사나운 계집애 같으니. 발표를 할 거면 눈앞에만 집중할 것이지 왜 사람을 놀라게 해?

복학 신청을 끝내면 곧바로 체육관에 갈 생각이었지만 나는 계획을 바꿔서 집으로 걸음을 옮겼다. 학교부터 집까지는 걸어서 삼십 분 정도 걸리는 긴 거리였고 실제로도 그쯤 걸렸지만, 출발하자마자 집이 눈앞에 나타난 기분이었다. 뭔가 깊은 생각에 잠겨서 걸어온 것 같은데 막상 집에 도착하니까 무슨 생각을 했는지 하나도 기억이 나지 않았다.

현관문을 열고 텅 빈 집 안으로 들어선다. 방 한쪽에 엄마가 새벽부터 일어나서 차려 놓고 나간 점심밥이 보였다. 나는 간소하게 차려진 밥상을 살펴보고 먹고 싶은 반찬만 책상 위에 올려놓은 뒤 컴퓨터를 켰다. 엄마는 내가 밥 먹으면서 컴퓨터 하는 걸 무엇보다 질색하지만, 혼자 밥상 앞에 앉아 먹는 것보다는 훨씬 나은 방법이다.

인터넷으로 들어가 가장 먼저 안승범의 이름으로 검색을 한다. 꼴도 보기 싫은 놈이라 그동안 한 번도 안승범의 행적을 조사해 보지 않았다. 그러나 이제는 자세히 알아봐야 할 필요를 느낀다. 머릿속으로 생각했던 것과 실제로 마주한 것에는 큰 차이가 있었던 것이다.

먼저 육 개월 전에 안승범이 나갔던 대회를 찾았다. 막연하게 별거 아니라고 생각하고 있었는데 찾아보니 도 단위에서 10여 개의 고등학교가 참가한 꽤 큰 대회였다. 공식적으로 찍어 놓은 중계 영상은 없고 시합의 양상을 간략하게 기록해 놓은 기사가 있었다. 혹시나 하는 마음에 좀 더 검색해 보니 학부모가 찍어서 올린 것으로 보이는 몇 개의 시합 영상이 나왔다.

떨리는 마음으로 하나씩 꼼꼼하게 들여다봤지만 안승범의 모습은 보이지 않았다. 대신 안승범을 준결승에서 이기고 우승까지 했다는 이름 모를 선수의 결승 영상은 찾아낼 수 있었다. 삼 분 정도의 짤막한 분량이다.

경기가 시작하자 허겁지겁 카메라를 꺼내 찍었는지 서로 스텝을 밟으며 기회를 보는 선수들의 모습이 대뜸 나타났다. 먼저 견제에 나선 쪽은 파란색 보호구를 찬 선수다. 반대편의 빨간색 보호구는 툭툭 내지르는 상대의 발차기를 앞뒤로 오가면서 가볍게 흘린다. 제대로 들어가서 점수를 내는 발차기는 하나도 없다. 서로의 신경을 거스르는 자잘한 공방전이 이어질 뿐이다. 그러나 비슷한 구도의 반복이 계속된다고 생각할 때쯤, 빨간색 보호구가 갑자기 앞으로 파고들었다.

격투기라고는 가끔 TV에서 하는 이종격투를 본 게 전부라서 이렇게 들어가는 발차기는 본 적이 없다. 순식간에 일어난 일이라 경기장 내의 사람들도 어리둥절해하는 게 보였다. 나는 동영상을 앞으로 돌리고 조금씩 끊어서 빨간색 보호구의 발차기를 관찰했다. 상대가 뻗는 발차기의 타이밍에 맞춰 공중에서 아래로 꽂히는 뒤돌려차기 한 방이다. 권투로 치면 가장 이상적인 형태로 들어가는 카운터펀치가 아닐까. 이런 녀석이랑 붙어서 막상막하로 패했다면 안승범의 실력도 대충 이 정도, 아니 지금은 더 늘었을 테니 그 이상이라고 봐야 할 것이다.

나는 책상 서랍 안에 있던 연습장을 꺼내 동영상으로 들어가는 경로를 적었다. 주 관장이 정말로 날 도울 생각이라면 이걸 보고도 느긋하게 있지는 않을 거라는 생각이 들어서였다. 맞붙어 싸운다면 동작이 크고 화려한 태권도보다는 직접 주먹을 쓰는 권투가 더 유리할지도 모른다.

"그건 니 생각이고."

동영상을 대충 훑어 보던 주 관장이 말했다. 오늘도 줄넘기나 시키고 넘어가려는 기색이 보여 다급한 마음에 카운터에 놓인 컴퓨터를 켜고 주 관장을 억지로 불러 앉혔다. 산이 누나는 이야기가 길어질 것 같으니 혼자 뛰고 오겠다며 나갔다. 딱히 비밀로 할 생각은 없었는데 어쩌다 보니 누나는 아직도 내가 무슨 목적으로 체육관에 다니는지 모르고 있다.

"왜요, 권투로 태권도 못 이겨요?"

내가 도전적으로 묻자 주 관장이 코웃음을 쳤다.

"애들 막싸움에 권투나 태권도가 무슨 소용이냐? 어차피 체급에서 결정 날 텐데."

주 관장은 내가 못마땅한 표정을 짓자 덧붙여서 말했다.

"체급이 곧 완력이야. 길거리 싸움은 기본적으로 체격이 더 큰 녀석이 이기게 돼 있어. 너는 기껏해야 라이트급인데, 애들은 너보다 세 체급이나 위잖아."

말하면서 주 관장이 가리킨 동영상에는 L-미들급 결승전, 이라는 제목이 붙어 있다. 나는 손에 쥐고 있던 축 늘어진 줄넘기를 카운터 위에 올려 두고 주 관장의 앞에 억지로 비집고 들어가 섰다. 카운터에 붙어 앉아 있던 주 관장은 "뭐, 뭐야?" 하면서 의자를 뒤로 뺀다.

"약속했잖아요. 안 된다는 말이나 할 거면 약속은 왜 했어요?"

"누가 안 된대? 시간이 걸린다고 했지."

"그 시간이 없단 말이에요."

"왜 없어?"

슬쩍 발가락을 뻗어서 컴퓨터 본체의 전원을 끄며 주 관장이 묻는다.

"갑자기 뭐가 그렇게 급한데?"

학교에서 만났던 안승범의 얼굴이 떠올랐지만 그걸 말하고 싶지는 않다. 나는 다만 "시간 낭비는 이미 병원에서 충분히 했어요." 하고 둘러댔다. 주 관장은 흠, 하고 헛기침을 하며 자리에서 일어섰다.

"그렇게 조바심 나면 무기라도 들어라. 자전거 체인 들고 후려치면 살점 다 뜯겨 나간다더라."

"예?"

주 관장의 말에는 농담을 하는 기색도, 화를 내는 기색도 없다. 주 관장은 내가 올려 둔 줄넘기를 들고 링으로 걸어가 가장자리에 걸터앉는다. 산이 누나의 트레이닝을 도우면서 습관처럼 가서 앉는 자리다.

"너는 싸움이 뭐라고 생각하냐?"

주 관장이 물었다. 생각해 본 적이 없는 질문이었기 때문에 얼른 대답하지 못한다. 싸움? 싸움이 뭐지? 문자 그대로의 의미는 물론 알고 있다. 그러나 대부분의 단어들이 그렇듯 싸움이라는 게 문자 그대로의 의미만을 담고 있는 것은 아니다.

"싸움을 하고 싶다?" 주 관장이 혼잣말처럼 중얼거렸다. "그러면 그게 어떤 것인가 생각해 봤어야지." 나는 주 관장을 보았다.

주 관장의 시선은 링 옆의 샌드백 쪽에 아무렇게나 박혀 있다. 오래된 사진을 꺼내 보는 것처럼 케케묵은 시선이었다.

"싸움이 무작정 나쁘다고 여기는 사람들이 많지만, 그건 어디까지나 지는 쪽의 변명에 불과해. 싸움 자체는 좋지도 나쁘지도 않아. 간간이 비나 눈이 쏟아지는 것처럼 그냥 그렇게 벌어지는 일일 뿐이야. 착하게 살면 싸울 필요가 없다? 말도 안 되는 소리지. 싸우지 않고 살 수는 없다. 아무리 착하게 살아도, 아무리 몸을 사려도, 살아가다 보면 누구나 다 싸워야 할 때가 오는 거야."

주 관장은 링 옆의 주전자를 들고 종이컵에 물을 따라 몇 모금 마셨다. 체육관 입구에 버젓이 정수기가 한 대 놓여 있지만 산이 누나도 주 관장도 항상 주전자를 이용한다. 급할 때 손을 뻗어서 바로 마실 수 있기 때문이란다. 주전자에 물을 채우는 건 자연스럽게 내 몫이었다. 내가 오기 전에도 주전자만 이용했는지 심각하게 의심이 가는 대목이 아닐 수 없다.

종이컵을 비운 주 관장은 다시 물을 따라서 나에게 건넸다. 나는 종이컵을 받아 들고 주 관장의 옆에 앉는다.

"이겨야 해."

주 관장이 말했다.

"그것 말고는 아무것도 중요하지 않아. 너는 운동을 하고 싶은 게 아니라고 했지? 그럼 싸움을 운동처럼 하려고 하지 마라. 스포츠에서는 이기든 지든 둘 다 좋은 경험이 되지만, 싸움은 그렇지 않아. 이기는 것만이 전부야. 오직 이겼을 때만 싸움이 가치를 가지는 거야."

물을 한 모금 마시고 종이컵을 구겨서 쓰레기통에 던져 넣는다. 메마른 침묵이 내려앉았다. 이겨야 한다? 물론 그럴 생각이었다. 가능하다면, 그러고 싶다. 하지만 안승범 같은 놈을 상대로? 내가?

싸워야겠다고, 싸워야 한다고 생각했다. 하루에도 수십 번씩 머릿속으로 안승범과 싸웠다. 그러나 문득 돌이켜 보니 나는 한 번도 싸움의 결론을 내린 적이 없다. 상상은 언제나 격렬한 싸움의 과정에서 흐지부지 흩어졌을 뿐이다.

어쩌면 승패는 관계없다고 처음부터 자신을 설득해 왔던 건지도 모른다. 그렇게라도 터무니없는 계획 앞에서 스스로를 지키려고 애쓴 것이다. 나는 얼굴이 뜨거워져서 고개를 숙였다.

"그래서, 이기기 위해서는 뭐든지 해야 한다는 거예요? 자전거 체인 같은 걸 손에 들고?"

"그러고 싶지는 않냐?"

"난," 하고 입을 다문다. 내가 그러고 싶은지 그러고 싶지 않은지 알 수가 없다.

어려울 거라는 건 알고 있었다. 그러나 단순한 계획이었고, 심각하게 고민할 필요가 없는 일이었다. 적어도 병원에 있을 때는 그랬다. 내가 나를 딱히 착한 편이라고 의식한 적은 없다. 다만 안승범은 반론의 여지가 없는 개자식이었고 나는 적어도 그런 개자식은 아니라고 믿었다.

"너 같은 일반인이 운동선수를 상대로 순수하게 맞붙어서 이길 가능성은 전혀 없다. 거의 없다, 가 아니라 전혀 없어. 신체의 단련 정도와 타고난 골격의 차이를 무시하고 무작정 맨몸으로 붙겠다는 것 자체가 이미 나는 비참하게 깨지고 싶습니다, 하는 거나 마찬가지란 말이야. 알겠냐?"

주 관장은 잠시 말을 끊고 이쪽을 바라보았다.

전부 다 없었던 일로 하는 거야. 어딘가에서 내가 속삭인다. 편하게, 아무것도 하지 않아도 돼. 아득한 어둠 속에서 눈이 멀 것처럼 환한 두 개의 불빛이 이쪽으로 달려들었다. 땅바닥에 떨어진 직후 무시무시한 고통은 깜빡 잊어버린 물건을 찾으러 온 사람처럼 온몸을 덮쳐 왔다. 얼마나 의식이 있었던가. 나는 안주머니에 손을 넣고 소름 끼치게 차가운 편지 봉투의 귀퉁이를 만지작거리면서 숨을 몰아쉬었다. 살고 싶다, 는 간절함이 있었다.

"어떻게 하면 이길 수 있죠?"

내가 물었다.

"자전거 체인만 다룰 수 있으면 되는 거예요?"

정말 아무 방법이 없다면 그렇게 해서라도 안승범과 싸우고 싶다. 허무하게 흩어지려는 마음을 어렵게 다잡는다. 그러자 주 관장은 정수기 쪽으로 눈짓하면서 빈 주전자를 내게 건넸다. 기껏

용기를 내서 물었더니 잔심부름이나 시키고 있다. 나는 작게 한숨을 쉬고 자리에서 일어나 정수기로 걸어갔다.

“싸움이 떳떳하고 정당하게 이루어질 거라고 생각했다면 큰 착각이야.”

주전자에 반쯤 물을 받았을 때 주 관장이 말했다. 나는 고개를 돌려 주 관장을 보았다. 주 관장은 내게 줬던 줄넘기를 사물함에 집어넣고 있다. 이쪽에서는 뒷모습밖에 보이지 않는다.

“나는 여전히 이런 건 다 바보 같은 짓이라고 생각한다. 할 필요가 없는 싸움은 하지 말아야 해. 하지만 어쨌거나 싸우기로 마음먹었다면, 할 수 있는 한 최고로 치사하고, 더럽고, 악랄하게 싸워라. 그럴 각오가 없으면 너는 무조건 져. 나는 질 게 뻔한 놈을 붙잡고 뭘 가르치고 싶지 않다.”

주 관장의 목소리는 평소보다 작았지만 어느 때보다 더 선명하게 귀에 들어와 박혔다.

나는 포기하고 싶었다. 아무 일도 없었던 것처럼 일상으로 돌아가서 여느 때와 마찬가지로 시시하게 살고 싶었다. 그러나 동시에, 그러고 싶지 않았다. 온 힘을 다해서 주 관장의 기술을 배우고 배운 걸 토대로 안승범의 혐오스러운 면상을 후려갈기고 싶었다. 전혀 다른 두 개의 바람 속에서 나는 필사적으로 타협점을 찾으려 애썼다.

주 관장은 이상한 사람이다. 처음부터 이상한 사람이라고 생각했지만, 내가 생각했던 것보다 더 이상한 사람이다. 어쩌면 위험한 사람일 수도 있다.

왜 나를 도와주겠다고 했을까? 주 관장의 태도는 처음 체육관에 찾아왔을 때와 전혀 달라서, 마치 다른 사람 같다. 어쩌면 주 관장 역시 나와 마찬가지로 말리고 싶은 마음과 가르쳐 주고 싶은 마음이 동시에 튀어나와 좀처럼 갈피를 잡지 못하고 있는 건지도 모른다. 그렇다면 지금 이 자리에서 내가 어떤 대답을 내놓느냐에 따라 주 관장의 마음도 하나로 정해질 것이다.

한참을 고민한 끝에 입을 연다.

"나는," 하고 튀어나오는 목소리가 왠지 몹시도 낯설게 느껴졌다. 목을 가다듬고 말을 잇는다.

"나는 싸워야 해요."

06
또 다른 형태의 차별

너한테도 문제가 있는 게 아닐까? 사람들은 이렇게 묻는 걸 좋아한다. 아무리 가해자와 피해자가 명백하게 드러나는 일이라고 해도 결국에는 당하는 쪽도 문제가 있다고 결론짓고 싶어 하기 때문이다. 약한 쪽을 동정하는 사람은 있어도 약한 쪽이 되고 싶어 하는 사람은 없다. 어쩌면 사람들은 무의식중에 스스로를 강한 쪽, 가해자의 입장에 대입시켜 놓고 상황을 그려 보는 데 익숙해져 있는 건지도 모른다.

담임은 기어코 나를 상담하겠다며 불러내고선 한 시간 동안 한심한 이야기들을 늘어놓았다. 담임은 부드럽게 꾸민 목소리로 잘 나아서 다행이야, 라고 다섯 번 말했고 언제든지 찾아와, 하고 세 번 말했고, 선생님도 이해한다, 라고는 일곱 번을 말했다. 나는 적당히 그래요, 네, 알겠습니다, 맞장구를 쳤다. 지겨워서 쓰러질 것 같은 기분이었다. 1교시의 끝을 알리는 종소리가 구원의 나팔 소리처럼 들렸다.

담임은 상담을 마무리하며 "아무튼 건강하게 돌아온 거 축하해." 하고 말한 뒤 이렇게 덧붙였다.

"너한테 어떤 문제가 있든 조금씩 고쳐 나가자. 선생님이 도와줄게."

나는 자리에서 반쯤 일어서다가 담임에게 시선을 던졌다.

허리까지 내려오는 숱이 많은 머리카락. 수수한 화장이 잘 어울리는 깨끗한 얼굴. 단정한 옷차림. 이렇게 보면 영락없이 공익 광고에 나올 법한 모범적인 교사의 모습이다. 나는 천천히 몸을 펴고 담임을 내려다본다.

"제 문제가 뭔데요?"

아무 말도 하고 싶지 않았는데 나도 모르게 입이 열렸다. 예상치 못한 질문에 우리는 서로 당황했다. 장기 입원 후 복학한 얌전한 학생과 그런 학생을 걱정하는 따뜻한 선생, 이라는 위치로의 암묵적인 합의가 깨진 것이다. 담임은 선율이 엇나간 피아노처럼 어색한 미소를 지어 보였다.

"응?" 하고 되물은 건 분명 못 들어서가 아니다. 나는 고개를 저으며 "아니에요." 하고 대답하고는 상담실 밖으로 빠져나왔다.

복도에는 수업이 끝나고 쏟아져 나온 아이들이 시끄럽게 떠들며 오가고 있다.

학교 문턱을 밟기가 무섭게 담임한테 끌려서 상담실에 들어왔으니 아직 반 아이들은 내가 돌아온 걸 모르고 있을 거다. 가방을 고쳐 메고 교실로 걸어간다. 뒤늦게 눈치를 챈 복도의 시선들이 호기심을 담고 조금씩 이쪽으로 모였다. 안 그래도 주목받고 있던 반에서 큰 사고까지 생겼다. 싫어도 소문이 날 만하다. 담임의 과도한 상담 욕구 때문에 조금 늦어지기는 했지만 어쨌든 마주해야 할 상황이었다. 나는 일부러 뻣뻣하게 고개를 들고 교실 문을 열었다.

어지럽게 흩어져 있던 아이들의 눈동자가 일제히 와서 박힌다. 나는 원래 내 자리였던 곳, 하얀 꽃이 있는 자리 옆으로 가서 가방을 내려놓고 앉았다.

잠깐 동안 지속되던 정적은 금방 소음으로 뒤덮였다. 어딘가 자연스럽지 못한 소음이었다. 나는 곧바로 아이들이 나를 경계하고 있다는 걸 알아차렸다. 이제 와서 굳이 사교적인 흉내를 내며 인사를 나누고 싶지는 않다. 벽에 붙은 시간표를 힐끗 보고 교과서를 꺼내 책상 위에 올려놓은 뒤 엎드려 눈을 감는다. 그러자 깜짝 놀랄 만큼의 피로가 몰려왔다.

시간이 없다고 말한 건 너야. 후들거리는 다리를 붙잡고 정신없이 물을 마시고 있었더니 주 관장이 놀리듯 말했다. 산이 누나와 처음 같이 하는 로드워크였다. 다른 훈련들을 소화하려면 체력부터 키울 필요가 있어. 각오하는 게 좋아. 주 관장이 겁을 줬지만 나는 드디어 본격적으로 뭔가를 시작한다는 생각에 들떠서 귀담아듣지 않았다.

산이 누나와 주 관장이 하는 로드워크는 일반적인 달리기와는 차이가 있었다. 적당한 수준의 뛰기와 폭발적인 전력 질주를 번갈아 하는 긴 코스의 달리기였다. 인터벌 트레이닝이라는 거야. 달리는 도중에 산이 누나가 설명했다. 나는 몸 안의 장기를 죄다 토해 낼 것처럼 숨을 몰아쉬고 있었기 때문에 그게 뭔지 전혀 궁금하지 않았다.

익숙해질 때까지는 일주일에 두 번만 오산이랑 같이 뛰어라. 나머지는 스쾃 위주의 하체 운동을 할 거야. 물론 줄넘기도 계속할 거고. 주 관장이 구체적인 계획을 말해 주었다. 주먹 쓰는 걸 배우는데 왜 하체 운동을 하냐고 묻고 싶었지만, 군말 없이 시키는 거 열심히 하겠다고 괜한 다짐을 해 놓는 바람에 묵묵히 할 수밖에 없었다. 다음 날 예상했던 대로 다리 전체가 찢어질 것처럼 아팠다. 그러나 나는 게으름 피우지 않았다.

"왔구나? 선생님이 너 온다고 말하기는 했는데."

잠들기 직전에 정신을 차리고 고개를 든다. 익숙한 얼굴이 눈앞에 보였다.

"저번에도 학교 왔었지? 나 봤잖아. 왜 그냥 갔어?"

나는 복도를 지나며 교실 안을 보다가 양아영과 눈이 마주쳤던 기억을 떠올린다. 어쩐지 창피해서 도망치듯 학교 밖으로 나왔었다. 나는 길게 숨을 내쉬며 "그냥 니 얼굴 보기 싫어서 갔다." 하고 말했다. 양아영은 금세 화난 표정이 되어서 "웃기셔. 나도 니 얼굴 보기 좋은 거 아니거든. 선생님한테 특별히 신경 쓰라고 얘기 들어서 말 건 거니까 괜히 우쭐거리지 마." 하고 대꾸했다.

"운동부는 학교 안 와?"

양아영의 말을 무시하고 이렇게 묻는다. 교실 안에 안승범이 없다는 건 바로 알았다. 운동부 소속의 패거리 몇 명도. 어디든 분위기를 흐리는 양아치 같은 새끼들은 없을 때 더 티가 난다.

"걔들 곧 시합이라서 당분간 수업 참여 안 해. 종례 때는 올 거야. 그거 말고 궁금한 건 없어?"

양아영이 대답했다. 이 여자애는 별로 좋아하지도 않으면서 왜 이렇게 나한테 친절하게 구는지 모르겠다. 반장이라는 허울 좋은 직책 때문인가. 그래 봤자 수행평가 점수나 몇 점 더 얻을 뿐인데.

"반장은 반장이구나."

나는 솔직하게 감탄한다. 양아영은 눈을 가늘게 뜨더니 의심을 잔뜩 품은 목소리로 "뭐가?" 하고 물었다.

"그냥, 되게 반듯해 보여서."

"적당히 해. 확 따귀 올려붙이기 전에."

양아영은 위협적으로 손바닥을 들어 보이고는 거칠게 몸을 돌려 자기 자리로 터벅터벅 걸어갔다. 무의식중에 뺨을 쓰다듬으며 양아영이 자리에 앉는 모습을 본다. 모처럼 진심을 담아 칭찬했는데 대뜸 싸대기부터 날리려고 하다니. 아무튼 복잡한 계집애라니까.

학교에서의 시간은 더디게 흘러갔다. 교실에 들어오는 선생들이 나를 보고 저마다 한두 마디씩 말을 걸었다. 별다른 의미 없이 건네는 위로나 격려였다. 그때마다 짧게 대답한 걸 빼면 나는 하루 종일 입을 다물고 창밖을 보면서 시간을 보냈다. 쉬는 시간에는 대부분 엎드려 있었다. 점심까지는 금방이었다.

점심 식사는 학생 식당의 공간 활용을 위해 학년별로 하게 되어 있다. 마침 1학년이 먼저 먹는 날이라 다들 밥 먹을 준비를 하며 떠들썩하게 움직였다. 이번 학기 남은 기간 동안의 급식비는 엄마가 이미 다 지불했다. 별로 배가 고픈 건 아닌데 끼니를 거르지 말라는 주 관장의 당부도 있고 낸 돈이 아깝기도 해서 일단 아이들을 따라 자리에서 일어섰다.

학생 식당은 체육관 옆에 붙어 있어서 건물 밖으로 나와 조금 멀리 걸어가야 한다. 나는 끼리끼리 몰려다니는 아이들 틈에 섞여 혼자 천천히 식당으로 향했다. 친구를 소중히. 식당 입구엔 못 보던 팻말이 붙어 있다. 전에는 질서를 지키는 문화적인 사람

어쩌고 하는 게 있었는데 병원에 입원해 있는 사이 바꾼 듯했다. 친구를 소중히 팻말 근처에는 식판을 세 개 들고 있는 남자아이가 보였다.

가끔 친구들끼리 가위바위보 같은 걸 해서 밥을 대신 받아다 주는 경우가 있다. 저것도 그런 경우일까, 아니면……. 나는 안승범 패거리의 식판을 들고 부지런히 돌아다니던 서찬희의 모습을 떠올렸다.

싫은 반찬이 가득 담긴 식판을 들고 아무도 없는 구석으로 가서 앉는다. 중학교 때나 지금이나 인기 있는 메뉴를 적게 퍼 주는 건 달라지지 않았다. 나는 이름이 뭔지도 모르는 나물을 입에 넣고 씹으면서 별생각 없이 주위의 모습을 바라보았다.

"권투 연습은 잘되어 가냐?"

어디선가 나타난 강준혁이 식판도 없이 맞은편 의자에 앉으며 묻는다. 나는 손에 든 숟가락을 계속 움직였다. 강준혁 이 새끼는 분위기 파악을 못 하는 건지 만날 때마다 오만상을 찌푸리며 좀 꺼져 달라고 하는데도 계속 말을 걸어온다.

"기말고사 끝나면 곧 방학인데, 너무 기간이 짧지 않아? 그 전에 챔피언 될 수 있겠어?"

"내가 왜 여기서 너랑 말하고 있어야 하는지 모르겠다."

강준혁은 혼자 팔짱을 끼고 의자에 깊숙이 기대앉아 이쪽을 지긋이 보았다. 뭔가 하고 싶은 말이 있는 눈치였다. 나는 의식하지 않고 먹던 밥이나 마저 먹으려고 했다. 생각처럼 잘되지 않는다.

바로 옆 체육관에서 훈련 중인 운동부는 밥을 미리 챙겨 먹기 때문에 등하교 때가 아니면 어디에서든 마주칠 일이 없다. 애석하게도 강준혁은 운동부가 아니라서 안승범처럼 무시하고 다니기가 힘들었다.

잠시 신경질적인 침묵이 흐른다.

"가서 밥이나 처먹어라. 가만히 있는 사람한테 시비 걸지 말고."

먼저 입을 연 건 나다. 뭐라도 말하지 않으면 늙어서 쓰러질 때까지 서로 불편하게 마주하고 있을 것 같았다. 강준혁은 생각에 잠긴 표정으로 고개를 살짝 기울이고 있다. 그리고 조금 뒤에 이렇게 물었다.

"왜 안승범이랑 싸우려고 하냐? 뭣 때문에?"

이번에는 비꼬는 말투가 아니다. 나는 강준혁이 내 계획을 알고 있다는 사실에 깜짝 놀랐다. 그러나 곧 서점에서 있었던 일로 대충 넘겨짚고 있다는 걸 깨달았다. 권투 교본 들추는 걸 우연히 한 번 봤다고 아는 척하는 게 어이가 없다.

"내가 뭘 어쩌든 니가 무슨 상관인데?"

"역겨워서 그런다."

나는 식판을 앞으로 밀어 놓고 강준혁을 본다. 강준혁은 비틀린 웃음을 지으며 말을 이었다.

"넌 좆나 가식적인 새끼야. 알아? 왜 진작 나서지 않고 이제 와서? 어이없는 새끼."

어이없는 건 너야. 나는 어금니를 깨물고 튀어나오려는 말을 삼킨다. 내가 아무리 가식적이라고 해도 너보다 나쁘겠어? 강준혁이 서찬희를 향한 안승범 패거리의 다양한 괴롭힘을 뒤에서 지켜보던 게 생각난다. 직접적으로 나서서 뭔가를 하지는 않지만, 그렇다고 아예 물러서 있지도 않는다.

"솔직히 말해 봐. 너도 그 좆같은 짓거리에 끼고 싶었지?"

내가 물었다. 강준혁은 재미있다는 듯 이쪽을 본다.

"그렇게 다른 사람 탓을 하면 마음이 좀 편해져?"

강준혁이 되묻는다. 나는 대답하지 않았다. 강준혁은 약간의 틈을 두고 다시 입을 열었다.

"그럴 리는 없겠지만, 아무튼 운이 좋아서 니가 안승범을 떡이 되도록 패 준다고 치자. 근데 거기에 대체 무슨 의미가 있냐?"

강준혁은 대답을 기다리지 않고 일어섰다. 나는 하얗게 주먹을 쥐고 앉아 강준혁을 올려다보았다. 몇 번이나 입을 열었다가 다시 다문다. 강준혁은 비웃음을 머금은 표정으로 몸을 돌리고 사라졌다. 주인이 버리다시피 던지고 간 질문은 적당한 대답으로 상쇄되지 못한 채 그대로 식탁 위에 남았다.

강준혁을 향한 분노가 어느 정도 가라앉자 나는 강준혁의 질문에 대해 냉정하게 생각하지 않을 수 없었다. 안승범을 때려 주고 싶다는 마음에는 물론 변함이 없다. 병원에서, 그리고 체육관에서 이미 두 차례나 다진 마음이었다. 어떻게든 이기겠다고 주관장과 약속했다. 그 뒤의 일은 생각해 보지 않았다. 이 계획이 나중에 어떤 의미로 남게 될까. 그런 건 직접 겪어 보지 않는 이상 알 수 없다. 알 수 없는 걸 애매한 짐작으로 대충 이럴 것이다, 단정 짓는 건 바보 같은 짓이다.

그건 그때 가서 생각하자. 나는 그렇게 결론 내리고 일어선다. 반쯤 비운 식판을 잔반통에 버린 뒤 식당 밖으로 나온다. 점점 추워지는 날씨에 차가운 바람이 온몸을 훑고 지나갔다. 계절이 바뀌는구나. 그런 생각을 하면서 옷깃을 여미고 학교 건물을 향해 걸어가기 시작한다.

오전과 별로 다를 것 없는 오후가 지나갔다. 안승범은 양아영이 말했던 것처럼 종례 시간에 잠깐 얼굴을 비쳤다. 나는 당분간 안승범을 없는 사람처럼 대하기로 마음먹었다. 안승범 역시 그러고 있었으므로 별로 어려운 일은 아니었다. 담임은 "오늘 어렵게 복학한 친구가 있지? 다들 환영하는 마음으로 도와주길 바랄게." 하는 쓸데없는 소리로 종례를 마무리했다.

아무래도 선생들은 이런 덜떨어진 배려가 교실에서 어떤 식으로 작용하는지 전혀 모르고 있는 모양이다. 서찬희에 대한 괴롭힘이 심해질수록 담임은 기회가 될 때마다 줄기차게 다들 사이 좋게 지내라, 친구를 괴롭히는 건 나쁜 행위다, 서로 보듬어 안는 학급이 되어야 한다, 는 훈계를 쏟아 냈다. 그런 말들이 용한 부적처럼 컴컴한 교실 벽에 붙어 아이들을 빛으로 인도해 줄 거라 여기는 듯했다.

차라리 모르는 척 넘어갔으면 그게 더 도움이 됐을 거다. 어른들의 겉만 번지르르한 감싸기는 결국 걔는 나약하다, 는 공인된 선언이나 다름없다. 이건 또 다른 형태의 차별이다. 관심을 가지고 지켜봐야 할 나약한 아이. 전에 서찬희가 그랬던 것처럼, 나에게도 그런 낙인이 찍혔다.

목구멍 끝에 울컥 짜증이 솟구치는 걸 느끼며 곁눈질로 주위를 살핀다. 아이들의 시선이 슬금슬금 이쪽으로 향하는 게 보였다. 눈치 없는 양아영이 "오늘 힘들지 않았어? 야자는 빠질 거지?" 하고 물어보는 걸 무시하고 복도로 나온다. 먼저 나온 안승범이 패거리를 끼고 시끄럽게 떠들며 복도를 가로지르는 중이다.

조금 돌아가더라도 반대편 계단으로 내려가는 게 낫겠다는 생각이 들어 몸을 돌린다. 왠지 도망치는 느낌이라 속이 쓰렸지만 어쩔 수 없는 일이었다. 지금 안승범을 자극했다가 준비 없이 얻어맞기라도 하면 계획하고 있던 게 다 망해 버린다. 주 관장이 됐다고 말하기 전까지 싸우지 말 것. 체육관에 다니며 지켜야 할 규칙 중 가장 먼저 붙은 게 이거다. 교통사고로 부서진 몸이 어느 정도 회복됐는지도 아직 모르는 상태다. 병원에서 주기적으로 검진을 받기로 했지만 아직 한 번도 찾아가 보지 않았다.

학교 뒷문으로 나오며 생각난 김에 병원에 들러 보기로 마음먹었다. 근처 정류장에서 버스를 탔다. 병원까지는 여섯 정류장을 거쳐야 했다. 생각보다 먼 거리였다. 이 정도의 거리를 고작 공책 몇 권 전해 주기 위해 오갔던 양아영에게 새삼 미안한 기분이 들었다. 그게 힘든 건 아니지만 어쨌든 귀찮기는 할 테니까.

뒷자리에 앉아 창밖을 보며 잡생각에 빠져 있다가 무겁게 쏟아지는 눈꺼풀을 닫는다. 무언가 거지 같은 꿈 때문에 땀이 범벅이 되어서 눈을 떴을 땐 마침 병원을 한 정류장 앞두고 있었다.

언제나 그렇듯 병원 안에는 사람들이 많다. 나는 사십 분이 넘는 시간을 기다린 끝에 검진을 받을 수 있었다. 이것저것 물어보며 몸 상태를 살피는 의사는 입원 생활을 하며 익숙해진 담당 의사가 아니라 다른 사람이었다.

"고생이 많았군요. 다행히 몸에는 별 이상 없네요."

서류철에 묶인 기록을 살펴보던 의사가 고개를 들지 않고 말했다.

"무리하고 있지는 않죠? 알바를 한다거나."

"운동은 좀 하고 있는데요."

"운동이라면?"

"권투요."

의사가 고개를 들고 이쪽을 본다. 나는 황급히 덧붙였다.

"링에 오르는 건 아니고, 그냥 트레이닝만 가볍게 해요. 줄넘기나 달리기 같은 거."

"뭘 하든 격하게 움직이면 안 됩니다."

의사는 서류에 알아볼 수 없는 글씨를 휘갈기며 "머리는 아프지 않죠?" 하고 묻는다. 나는 어깨를 으쓱해 보였다.

"아직 완전히 다 나은 게 아니니까 당분간 조심하도록 해요. 특히 머리에 충격 주는 일 없게 하시고."

의사와의 면담이 끝난 후에는 물리치료를 받는 일이 남았다. 물리치료실 앞에도 사람이 많아서 한참을 대기해야 했다.

오래 기다린 것에 비해 치료는 짧고 시시하게 끝난다. 몸 곳곳에 패드를 붙이고 전기 자극과 약간의 찜질을 받았을 뿐이다. 입원 때 지겹게 받던 재활 훈련과 비교하면 아무것도 아닌 수준의 치료였다. 내심 아프지 않을까 걱정했던 내가 한심하게 느껴졌다.

물리치료를 마치고 나온 뒤 창구에서 엄마가 통원 치료 하는 데 쓰라고 준 카드를 꺼내 돈을 계산한다. 영수증을 받아 카드와 함께 지갑 안에 넣고 잠시 복도에 서서 머뭇거린다. 예전에 입원해 있던 병실에 찾아가 보고 싶다는 생각이 들었다. 도도새 아줌마는 일을 그만뒀지만 박 할아버지는 여전히 남아 있을 테니까. 수 간호사도 있고.

규모가 제법 되는 병원이라 입원실로 가려면 1층 중앙에 있는 엘리베이터를 타고 높이 올라가야 했다. 엘리베이터는 환자용과 일반용이 따로 있다. 나는 문병 가는 사람들 틈에 섞여 일반용 엘리베이터에 올랐다. 퇴원하고 이제 겨우 열흘 남짓 지났을 뿐인데 벌써 아득하게 느껴진다.

잠시 후 층수를 확인하고 문밖으로 발을 딛는다. 천천히 복도를 걸어가다가 스테이션 앞에 눈에 익은 얼굴이 보여 잠깐 걸음을 멈춘다.

"지금 나랑 장난쳐? 너 돌대가리야? 한 번 말하면 못 알아들어?"

수 간호사였다. 수 간호사 앞에는 이쪽으로 등을 보이고 선 간호사가 한 명 있다. 손에 든 서류철로 상대의 머리를 가볍게 툭툭 내리친다. 나는 충격을 받았다.

입원 생활을 하고 있을 때도 종종 봤던 광경이다. 환자들 앞에서 드러내 놓고 타박하지는 않지만, 보이지 않는 곳에서 집요하게 이루어지던 괴롭힘들. 처음 몇 번은 보지 말아야 할 걸 봤다는 생각에 모르는 척 지나갔다. 그리고 또, 그리고 또. 나는 수 간호사와 수 간호사를 대하는 다른 간호사들의 태도를 주의 깊게 관찰하기 시작했다. 그러자 거기에서 전에 눈치채지 못했던 익숙한 광경이 떠올랐다. 안승범과, 안승범을 받들어 모시던 아이들. 그리고 조금씩 쪼그라들던 서찬희. 어디를 가도 있어. 수 간호사는 그렇게 말했다.

나는 등을 돌리고 엘리베이터 앞으로 걸어가서 버튼을 눌렀다. 그사이에 1층으로 내려갔던 엘리베이터가 뜸을 들이며 올라왔다. 은근슬쩍 두 사람 사이에 끼어들어서 도와줄 수도 있었다. 뻔뻔한 표정으로 아무 말이나 던지면 그만이니까. 그러나 그러지 못했다. 쉴 틈 없이 상대를 압박하며 서류철을 내리치는 사람이 다른 쪽 간호사가 아니라 바로 수 간호사였기 때문이다.

심장이 방금 로드워크를 끝내고 온 사람처럼 뛰었다. 나는 가슴에 손바닥을 대고 진정시키려 했다. 이렇게 놀랄 일이었나. 나도 모르는 사이에 수 간호사를 서찬희와 동일시하고 있던 걸까. 학생과 간호사는 다르다. 어쩌면 수 간호사는 병원에 근무하기 위해 반드시 필요한 일을 하고 있었던 건지도 모른다. 내가 이해할 수 없는 어떤 이유로.

그런 게 아니잖아. 나는 주먹을 쥐고 가볍게 허벅지를 때렸다. 딩장이라도 수 간호사에게 걸어가서 뭐가 어떻게 된 거냐고 묻고 싶다. 하지만 그러지 않는다. 도착한 엘리베이터에 올라타고 1층으로 내려가는 버튼을 눌렀다.

서찬희가 그러는 걸 봤다면 어땠을까. 아니, 서찬희가 다른 사람에게 그럴 수나 있을까. 물어보고 싶다. 너는 다른 사람한테 그렇게 대할 수 있어? 서찬희는 아마 언제나처럼 어색한 웃음을 지어 보이며 글쎄, 하고 넘어갈 것이다. 그리고 또 언제나처럼 한참 시간이 지난 후에, 내가 그런 걸 물어봤다는 것조차 까먹고 있을 때쯤 와서 넌지시 대답하겠지. 혼자서 오랫동안 고민하고 내린 결론을.

너는 뭐라고 했을까?

병원에서 적지 않은 시간을 보낸 탓에 체육관에 도착했을 땐 이미 산이 누나의 훈련이 끝난 뒤였다. 주 관장은 귀찮아 죽겠다는 표정으로 "했던 거 또 하기 싫다. 산이 깨워서 도와 달라고 해. 끝나면 뒷정리하고." 하면서 체육관 열쇠를 던지고 사라졌다.

산이 누나는 전에 주 관장이 그랬던 것처럼 카운터 밑에 늘어져서 자는 중이었다. 체육관 사람들의 전용 침실쯤 되는 곳이다. 나는 열쇠를 문 옆에 걸어 놓고 체육관 가운데로 가서 몸을 풀었다. 산이 누나를 깨우지는 않았다. 며칠간 반복해서 같은 운동을 하고 있었기 때문에 누가 옆에서 봐주지 않아도 상관없었다. 간간이 들려오는 산이 누나의 코 고는 소리를 뒤로하고 오늘 할 예정이었던 훈련들을 하나씩 해 나갔다.

운동을 마무리할 때쯤에는 완전히 녹초가 되었다. 수건으로 대충 얼굴을 닦는다. 왠지 아쉬운 기분이 들어 샌드백 앞에 서서 두어 번 어설픈 잽과 스트레이트를 날린다. 무슨 일이든 단계라는 게 있는 법이야. 너한테는 아직 무리다. 항상 뭔가 있어 보이려고 하는 주 관장은 말도 안 되는 소리를 하면서 샌드백 근처에도 오지 못하게 했다.

몇 번 치고 나니 주먹이 깨질 것처럼 아프다. 산이 누나는 샌드백이 터져 나가는 게 아닌가 싶을 정도로 시원하게 잘 치던데. 글러브를 끼고 쳐서 그런가.

아픈 주먹을 주무르며 사물함 쪽으로 걸어간다. 휑하니 비어 있는 내 사물함 안에는 주 관장이 준 낡은 글러브만 덩그러니 놓여 있다. 산이 누나처럼 온갖 잡동사니를 쌓아 두지는 않더라도 뭔가 좀 넣어 두면 허전하지 않을 텐데. 사진 같은 거라도 붙여 볼까. 글러브를 꺼내면서 그런 생각을 한다.

샌드백 앞으로 돌아와서 글러브를 손에 끼우기 위해 이리저리 돌려 본다. 끈이 엉켜 있어서 풀어내느라 시간이 약간 걸렸다. 혼자서 손에 꼭 맞게 조이려니 쉽지 않다.

왼손은 오른손으로 해결했지만 남은 오른손이 문제다. 글러브를 낀 손으로는 무리가 있다. 조금 헐겁더라도 대충 끼우는 게 낫겠다 싶어 무릎 사이에 글러브를 넣고 오른손을 욱여넣는다. 그러다가 뭔가 눈에 띄는 게 있어 잠시 움직임을 멈춘다.

I. 글러브 안쪽에 새겨진 글자가 왠지 마음에 걸렸다. 매직으로 대충 직 그은 선이 아니라 바르게 새겨 넣은 영문자다. 왼손에 끼고 있던 글러브를 벗어서 들여다보니 이쪽도 마찬가지로 I, 라고 쓰여 있다. 아이. 작게 소리 내어 발음해 본다. 어디선가 들은 적이 있는데, 어디서였지?

곧 기억이 났다. 산이 누나가 퇴원하기 전에 만나러 간다던 사람의 이름이 아이였다. 같은 체육관 사람이었구나. 갑자기 궁금해진다. 왜 주 관장은 이 사람이 누구인지 말해 주지 않았을까. 나는 글러브를 들고 서 있다가 사물함 안에 도로 집어넣었다. 누군지도 모르는 사람의 물건에 손을 대는 기분이 들었기 때문이다.

산이 누나도 알고 주 관장도 아는 사람. 가끔 체육관 사람들이 산이 누나를 응원하러 두셋씩 찾아오곤 하는데 그중에서는 본 적이 없다.

"지금 몇 시야?"

화들짝 놀라 뒤를 돌아본다. 카운터 아래에서 부스스한 머리를 쓰다듬으며 산이 누나가 일어서고 있다.

"뭘 그렇게 놀라? 돈이라도 훔쳤어?"

"훔치긴 뭘 훔쳐. 여기 뭐 개뿔도 없잖아."

산이 누나는 아직 피로가 덜 풀렸는지 멍청한 표정으로 "무울." 하고 말했다. 이제 물 담당이 다 됐군. 나는 링 한쪽에 놓인 주전자를 산이 누나에게 가져다주었다.

"찬영 오빠는 갔어?"

"귀찮다고 먼저 갔어. 나도 오늘 할 거는 다 했으니까 이제 정리하고 가면 돼."

산이 누나는 주전자를 내려놓고 하품을 하며 크게 기지개를 켜다. 나도 전염이 되어서 똑같이 하품을 하고 기지개를 켰다.

"집 가서 자라. 내가 정리할게."

산이 누나는 내가 벽에 걸어 놓은 열쇠를 챙겨 들고 체육관 창문을 닫았다.

"같이 해."

나도 옆에 붙어서 정리를 돕는다. 평소에는 산이 누나의 훈련이 더 늦게 끝나서 체육관을 닫을 때까지 있었던 적이 없다. 막상 남아서 해 보니 특별히 손이 가는 일은 아니었다. 열려 있는 창문들을 닫고 커튼을 치고 링 위에 널브러진 기구들을 한쪽에 단정하게 정리해 둔 뒤 사물함을 점검하면 끝이다. 주 관장이 떠맡기고 간 뒷정리는 금방 마무리된다. 나는 산이 누나와 함께 체육관의 문을 잠그고 밖으로 나왔다.

오가는 사람들이 별로 보이지 않는 캄캄한 밤이었다. 나는 버스를 타야 했지만 산이 누나는 근처에 살아서 그럴 필요가 없었다. 우리는 중간까지 같이 가기로 한다.

"우리 젊은 유망주에게 기대가 커."

나란히 걷는 도중에 산이 누나가 실없는 소리를 했다.

"미리 사과할게."

"에이, 남자가 패기 없게."

"난 누나랑 달라. 링 위에 올라갈 생각 없어."

"그래? 그럼 왜 그렇게 열심히 해?"

산이 누나는 여전히 내가 권투를 배우려고 체육관에 다니는 줄 안다. 막연하게 주 관장이 내 목적에 대해 말했을 거라고 짐작했는데 아니었다.

"그냥……, 몸이 허약해서."

왠지 나는 솔직하게 말하지 못한다.

"강해지고 싶어. 누구 하나 시비 거는 사람 없게."

"강하다는 게 뭔데?"

산이 누나가 묻는다. 나는 고개를 돌리고 산이 누나를 보았다. 누나의 시선은 3미터쯤 앞 어딘가에 머물러 있다.

"어떻게 하면 강한 사람이 될 수 있는데?"

산이 누나가 혼잣말처럼 중얼거렸다. 나는 일부러 푸, 하고 이상한 소리를 내면서 누나를 타박한다.

"왜 모르는 척하세요, 누나. 제가 아는 사람 중에서는 누나가 세 번째로 강한데. 아무나 붙잡고 한 대 쳐 보세요. 바로 실려 갈걸요."

"그래? 첫 번째랑 두 번째는 누구?"

"미래의 누나 애인들?"

"이 자식이."

산이 누나가 주먹을 쥐고 장난스럽게 내 턱을 툭 건드렸다.

조금 뒤에 멀리서 정류장이 나타난다. 산이 누나의 집은 한 블록 전에서 꺾어 들어가야 했으므로 우리는 멈춰 서서 인사를 나눴다. 누나는 "지금처럼만 하면 언젠가 우리 체육관의 차세대 에이스가 될 수도 있겠지. 그럼 나는 기꺼이 은퇴할게." 하면서 웃기지도 않은 농담을 했다. 나는 "절대 그럴 일 없습니다." 하며 손사래를 쳤다.

"내일 봐."

산이 누나가 몸을 돌리고 걸어가려는 걸 나도 모르게 붙잡는다.

"잠깐만, 누나."

이걸 물어봐야겠다는 생각이 들었다.

"관장님이 나한테 빌려준 글러브, 아이라는 사람 거지? 누구야 그 사람? 체육관에서 한 번도 못 봤는데."

주 관장이 일부러 지나친 걸로 봐서 불편한 질문이라는 건 어느 정도 예상했다. 하지만 산이 누나가 굳은 표정을 지으며 숨을 삼키는 걸 보니 역시 괜한 질문을 했다는 후회가 들었다.

"어, 뭐 굳이 말 안 해 줘도 돼……."

나는 어색하게 웃으며 말끝을 흐린다. 적당히 무시하고 넘어가도 괜찮은데 산이 누나는 제자리에 서서 대답할 말을 고민하는 눈치였다.

"아이는 내 친구야."

이윽고 산이 누나가 말했다.

"아니, 우리는 친구였어."

나는 아무 말도 하지 못한다. 산이 누나는 거기까지만 말하고 손을 흔들며 "그게 다야. 내일은 늦지 마." 하면서 등을 돌렸다.

멀어지는 산이 누나를 보며 생각한다. 우리는 친구였다. 이상한 말이었지만 내게도 그렇게밖에 설명할 수 없는 사람이 한 명 있다. 어째서 우리는 친구였을까? 왜 우리는 더 이상 서로를 친구라고 말할 수 없게 됐을까?

나는 정류장 구석에 비스듬히 기대어 서서 차들이 오가는 도로 저편을 하염없이 바라보았다. 버스는 오랫동안 오지 않았다.

07

당연하지 않은 것들이 당연해질 때

가끔 학교 건물 앞에서 서찬희의 얼굴을 본다. 등굣길에 서찬희의 사진이 박힌 팻말을 들고 오는 중년의 남자가 있다. 전에 만난 적이 없는 사람이지만 나는 금방 남자가 서찬희의 아버지임을 알 수 있었다. 시위용 팻말은 진실을 밝혀 주세요, 라는 문구와 함께 서찬희가 당한 사고의 의문점들을 나열하고 있다.

처음 서찬희의 얼굴과 마주했을 때 나는 칼에 찔리기라도 한 것처럼 날카로운 통증을 느끼며 숨을 집어삼킨 채 자리를 피했다. 서찬희의 아버지는 내가 누구인지 모른다. 반에서 합동으로 서찬희의 장례식장에 조문을 갔을 때 나는 병원에 있었다.

오늘도 서찬희의 아버지는 학교에 왔다. 도망치듯 교실에 들어와 창밖을 훔쳐본다. 양아영의 설명에 의하면 서찬희의 아버지는 장례가 끝나고 며칠 뒤부터 꾸준히 학교 앞에 나와 시위를 하고 있었다. 얼마 동안은 선생들이 말렸다. 경찰이 온 적도 있다. 그러나 누구도 자식 잃은 아버지의 집념을 막지는 못했다.

"뭐 해?"

복학한 뒤 학교에서 나에게 먼저 말을 거는 사람은 단 두 명뿐이다. 빌어먹을 강준혁 새끼랑 오지랖 넓은 양아영. 나로서는 좀처럼 이해할 수 없는 일이지만, 양아영은 반에서 인기가 좋은 편이다. 강준혁과 이야기할 때는 아무도 나에게 관심을 두지 않는 반면 양아영과 이야기를 하면 기다렸다는 듯 여기저기서 불편한 시선들이 모여든다. 강준혁과의 대화는 그 새끼가 지랄 같은 놈이라서 싫고, 양아영과의 대화는 그런 시선들이 부담스러워서 싫다.

"아무것도 안 해."

나는 책상 옆으로 와서 알은체하는 양아영을 무시하고 가방 안에 든 책들을 꺼낸다. 아침마다 1교시가 시작하기 전까지 책을 베고 자는 게 습관이 됐다. 체육관에서 쌓인 피로는 아무리 잠을 많이 자도 그다음 날까지 이어졌다.

"어? 내 노트 아직도 가지고 다니네?"

아무거나 꺼내 올려 둔다는 게 양아영의 노트까지 집어 들었나 보다. 나는 노트만 빼서 도로 가방 안에 넣으며 말했다.

"이게 왜 니 노트냐, 내 노트지."

"그래, 내가 준 니 노트."

양아영이 능구렁이처럼 웃었다. 오늘 양아영은 이상하게 기분이 좋아 보인다. 며칠 전에 본 모의고사 성적이 잘 나와서 그런가. 워낙 좀스러운 애라 그럴 가능성이 있다.

"기말고사 준비는 잘돼?"

"담임이 그런 것까지 봐주라디?"

나는 책상 위에 엎드리고 눈만 힐끗 들어 양아영을 본다. 양아영은 가볍게 한숨을 쉬었다.

"왜 매사에 그렇게 삐딱해?"

"난 똑바로 있는데 니네가 기운 거야."

나는 병신 같은 농담을 했다. 양아영이 손바닥으로 내 어깨를 후려쳤다. 여자애가 때리는 게 아프면 얼마나 아프겠냐고 묻는 사람들에게 양아영의 손바닥을 선물로 주고 싶다.

"내가 참견하는 게 싫으면 우중충하게 앉아 있지 마. 그거 되게 거슬려."

"네네 알겠습니다, 양 선생님."

나는 대충 지껄였다. 양아영은 개의치 않고 입을 열었다.

"주말에 산이 언니 시합하는 거, 들었지?"

"시합?"

"같은 체육관 쓴다면서. 못 들었어?"

수 간호사에게 받은 결승 티켓은 아직 한 달 정도 기한을 남겨 두고 있다. 그 전의 자잘한 일정 같은 건 누가 말해 주지 않는 이상 알 도리가 없다. 주 관장도 산이 누나도 그런 쪽으로는 둔감하다.

"너 이젠 내 체육관 일까지 간섭하냐?"

나는 괜히 짜증을 냈다. 양아영은 입술을 쭉 내밀고 "연예인 병도 적당히 부리셔. 세상 모든 일이 니 위주로 돌아가는 거 같아? 나도 산이 언니랑 친하거든." 하고 말했다.

생각해 보니 양아영은 주기적으로 병문안을 오면서 여러 사람들에게 퍽 살갑게 굴었던 것 같다. 아마 병원에서 양아영과 가장 서먹했던 사람은 내가 아니었을까.

"일요일 오전에 시민스포츠센터에서 한대. 어딘지 알지?"

"알아. 그래서 그거 보러 간다고?"

"언니한테 초대받았으니 가야지. 넌 안 가?"

아예 모르고 있었으면 몰라도 소식을 들은 이상 안 갈 수 없다. 샌드백을 치며 무섭게 연습하는 산이 누나를 보고 있으면 링 위에서는 어떤 모습일지 궁금해지곤 했다. 아마추어라지만 정식으로 열리는 시합인 만큼 직접 보고 나면 뭔가 배울 수 있지 않을까 하는 기대도 들었다.

"그날 봐서 별일 없으면 갈 거야."

내가 말했다. 물론 별일은 없을 예정이다. 양아영이 어이가 없다는 듯 코웃음을 쳤다.

"너 한가하잖아."

"그걸 니가 어떻게 알아?"

"갈 때 나도 같이 가."

느닷없는 양아영의 기습에 나도 모르게 "어? 어어." 하고 멍청한 소리를 낸다. 말도 뭣도 아닌 그냥 소리였다. 양아영은 그걸 대답이라고 생각했는지 "전화해. 내 번호 알지? 거기 내가 준 니 노트에 적혀 있잖아."라며 신경 긁는 소리를 하고는 휭하니 자기 자리로 돌아갔다.

당황스러워하며 고개를 돌리다가 몇몇 아이들과 눈이 마주친다. 내가 양아영과 무슨 이야기를 했는지, 다들 그게 궁금한 모양이다. 몰려들었던 시선은 내가 한 번 쳐다보자 후다닥 흩어졌다. 학교 전체가 나를 어떤 불길한 징조처럼 여기고 있었다. 그런 대접에 딱히 기분이 상하거나 상처를 받지는 않는다. 어차피 졸업하면 보지 않을 인간들이다.

다시 창밖으로 시선을 돌린다. 서찬희의 아버지는 어느새 사라지고 보이지 않았다. 책 위에 엎드려 눈을 감는다. 어딘가에 발목을 잡히고 한없이 허우적거리는 꿈을 꾼다.

아무 이유도 없이 소스라치게 놀라며 자리에서 일어섰다. 맥박이 망치로 벽을 치는 것처럼 울렸다. 십 초 정도 그러고 서 있다가 비로소 내가 아무도 없는 교실 안에 혼자 있다는 걸 깨달았다. 뻑뻑해진 눈을 비비고 벽에 걸린 시계를 본다. 짧은 바늘이 11의 반을 넘어섰다. 나는 문 옆에 붙은 시간표로 시선을 옮긴다. 4교시는 체육 시간이다.

복학하고 며칠이 지났지만 선생들은 아직까지 나를 몸이 다 낫지 않은 환자로 취급하고 있었다. 수업 시간에 잠을 자면 아무도 깨우지 않는다. 그냥 교실에서 푹 쉬어. 괜히 나와서 무리하다가 잘못되면 골치 아파. 대독이 귀찮다는 듯 한마디 뱉고부터는 체육 시간이 노는 시간이 됐다. 교복을 새로 맞추면서 안 사고 버티던 체육복도 같이 구입했는데 덕분에 입고 나갈 일이 별로 없었다.

늘 북적이는 교실 안에 이렇게 혼자 남는 건 몇 번을 당해도 익숙하지 않은 일이다. 나는 떨떠름한 기분으로 교과서를 펴 놓고 띄엄띄엄 읽기 시작했다. 양아영에게는 아무렇지도 않은 척했지만 사실 나는 우리를 깨부수고 나온 미친 사자에게 쫓기는 심정으로 시험 대비를 하는 중이었다. 기말고사 성적이 좋지 않으면 강제로 학교에 붙잡혀서 야간자율학습을 하거나 학원 같은 곳에 끌려가게 될 가능성이 높았다. 그거 자체로는 큰 문제가 아니지만 체육관에 다니는 시간까지 없어지는 건 곤란하다.

알고 싶지도 않은 복잡한 이론들을 공부하고 있다 보니 괜한 분통이 터졌다. 지금 내가 하고 싶은 일, 해야 할 일을 늘어놓고 순서를 정한다면 학업이 가장 끝으로 밀릴 게 뻔했다. 그놈의 좆 같은 공부는 해서 뭐한단 말인가. 어린애들끼리 뒤엉켜 싸우면 세상 다 끝날 것처럼 호령하는 어른들이 경쟁 사회 외치면서 성적표에 세심하게 등급을 찍어 주는 것도 웃기는 일이다.

양아치들이 주먹다짐으로 서로 줄을 세우듯 모범생들은 시험으로 서로 줄을 세운다. 이 두 개의 난장판에 도대체 무슨 차이가 있는지 모르겠다. 배치고사 중간고사 기말고사 모의고사……. 이 나라의 각종 고사들이 어느 날 갑자기 격투기의 한 분야로 인정받는다고 해도 별로 놀라지 않을 거다. 양아영이 챔피언 벨트를 손에 쥐고 교실 한복판을 링처럼 누비고 다니면 볼만하겠지.

공부에 좀처럼 집중이 되지 않는다. 나는 고개를 들고 한적한 교실의 풍경을 둘러보았다. 보지 않으려고 해도 마지막에는 꼭 바로 옆 책상 위에 놓인 하얀 꽃에 시선을 뺏긴다. 싱싱한 꽃잎이 열린 창문으로 밀려오는 바람에 닿아 희미하게 떨리고 있다. 복학 신청을 하기 위해 잠깐 왔을 때부터 지금까지 쭉 꽃이 놓여 있는 걸 봤다. 시들 때쯤 되면 어느 순간 새것으로 바뀐다. 누군가 꾸준히 서찬희의 빈자리를 채워 넣고 있는 것이다.

처음에는 담임이 그러는 거라고 생각했다. 아니었다. 담임도 누구인지 모르는 눈치였다. 그러면 양아영? 아침에 본 아저씨? 하지만 어느 쪽이든 상관없다. 어쨌거나 쓸데없는 짓이니까.

주먹을 쥐고 오랫동안 서찬희의 자리를 본다. 그러고 있자 갑자기 숨이 턱 하고 막혀 왔다. 나는 답답한 가슴을 움켜쥐고 창가로 걸어가 크게 공기를 들이마셨다. 바깥에서 남자아이들이 축구를 하고 있는 게 보였다. 공 하나를 두고 뻥뻥 차 대며 우르르 몰려다니는 것도 축구라면 축구다. 여자애들은 한쪽에 모여 피구를 하는 중이다. 마침 양아영이 심드렁하게 서 있다가 공으로 뒤통수를 호되게 얻어맞는 걸 볼 수 있었다. 나중에 놀려 먹어야지.

한동안 운동장을 구경하다가 멀리 화단 쪽에 어딘가 찝찝한 모양새를 한 학생들이 지나가는 걸 봤다. 어색해 보이는 세 사람이 어깨동무를 하고 소각장 쪽으로 사라지는 광경이었다. 소각장은 학생들의 건강을 고려해 건물에서 조금 떨어진 곳에 작게 만들어졌다. 그 근처는 눈에 잘 띄지 않는다. 지저분하고 냄새나는 곳이지만 바로 그 눈에 잘 띄지 않는다는 점 때문에 몰래 담배를 피우는 아이들이 열광적으로 애용하는 장소였다.

창문에서 떨어져 나와 어떻게 할까 고민한다. 세 사람이 사이좋게 담배를 태우며 남자들의 끈적한 우정을 다질 가능성은 그리 커 보이지 않았다. 굳이 나설 필요 없이 교무실에 가서 선생들에게 알리는 방법도 있다. 장기적으로 보면 아무짝에도 쓸모없지만 당장의 상황을 넘기는 정도라면 그런대로 괜찮은 방법이다. 하지만 그렇게 할 경우 선생들에게 일러바친 사람이 나라는 게 밝혀질 위험이 있다. 안 그래도 좁은 교실에서의 입지를 더 좁힐 필요는 없겠지.

결국 마음을 정하고 복도로 나온다. 걸어가면서도 에이 씨발 창밖은 왜 봐 가지고, 하는 생각이 들었다. 아무것도 하지 않고 체육 시간이 끝날 때까지 교실에 처박혀 있을 수도 있다. 그러나 모르는 척 지나치고 싶지 않았다. 입원 생활을 하며 다진 마음이 내키지 않는 등을 떠밀었다. 겁내지 말고 걸어. 앞으로 가.

이렇게 멍청할 수가 있을까? 건물 벽에 바짝 기대어 서서 소각장 쪽을 훔쳐보며 생각한다. 따지고 보면 당연한 일이다. 일반 학생이라면 수업 도중에 세 명이나 함께 교실을 빠져나올 수 없다. 소각장 앞에 서 있는 세 명은 윗도리를 벗고 있어서 명찰의 색이 보이지 않았다. 우리 학교는 명찰의 색으로 학년을 구분하는 게 가능하다. 나는 1학년이라서 흰색, 2학년은 노란색, 그리고 3학년은 파란색이다. 해가 바뀌면 졸업한 3학년의 파란색이 다시 1학년의 색이 되는 식이다.

셋 중에 한 명은 아는 얼굴이었다. 우리 반은 아니지만 복도를 오가며 몇 번 봤다. 나머지 둘은 영 낯설다. 다른 층을 쓰는 상급생들인 게 분명했다. 2학년? 3학년? 벗어 둔 교복 옆에 검은 띠로 묶은 도복이 보였다. 그러니까 소각장 앞의 인간들은 안승범과 같은 운동부 소속이라는 말이 된다.

"똑바로 서."

뿔테 안경을 낀 매끈한 근육질이 1학년의 몸을 걷어찼다. 날카로운 신음 소리가 터져 나온다.

"형이 눈깔 관리 똑바로 하라고 했지?"

"죄송합니다."

뿔테 옆의 덩치는 여드름이 수북이 박힌 얼굴에 비웃음을 가득 머금고 있다. 한 명은 때리고 한 명은 느긋하게 보고 한 명은 잘못을 빈다. 어쩌면 이렇게 비슷한 패턴인지. 세 사람이 운동부라는 걸 알고 나는 왠지 아니꼬운 심정이 되어 소각장 앞에서 벌어지는 일을 지켜본다. 안승범도 태권도를 하며 선배들에게 두들겨 맞았을까? 운동부는 서열에 따른 행패가 심하다고 하니 아마 몇 번은 맞았겠지. 그 꼴을 내가 봤어야 하는데.

"아, 담배 땡긴다. 요새 스트레스 좆나 쌓이네. 후배 새끼가 노려보지를 않나."

여드름이 말했다. 1학년이 이마에 흐르는 땀을 닦아 내고 더듬거리며 입을 열었다.

"노려본 게 아니라, 제가 그냥 눈이 안 좋아서……."

"좆 까는 소리 한다."

뿔테가 과장된 몸짓으로 뛰어서 발차기를 날린다. 1학년은 멀리 나가떨어졌다가 힘겹게 일어나 다시 뿔테 앞에 섰다.

"잘못했어요."

"잘못했어요래."

여드름이 낄낄거린다. 뿔테의 손바닥이 1학년의 뺨을 후려쳤다.

"요? 요, 이 씨발 새끼야?"

"잘못했습니다."

운동부에서는 끝말이 무조건 다, 혹은 까여야 한다는 이야기를 들었다. 군대에서 쓰는 말투다. 왜 그런 또라이 같은 관습을 가져다 쓰는지 모를 일이다.

윗도리를 벗고 때리는 건 교복에 먼지나 피를 묻히지 않기 위해서다. 흔적을 남기지 않으려고 얼굴에는 가급적 손을 대지 않는다. 운동부 머저리들의 폭행 방식은 안승범 본인이 자랑스럽게 떠들며 몸소 실천한 바 있어서 잘 안다. 나는 운동장과 소각장, 어느 쪽에서도 보이지 않도록 몸을 낮게 숙이고 조용히 있었다. 1학년은 계속 맞는다. 똑같이 운동하는 입장이니 한 번쯤 반항해 볼 법도 한데 병신같이 맞고만 있다.

당연하지 않은 것들이 당연해질 때, 사람은 그렇게 병신 같아진다. 그런 점에서 보면 짐승이나 다를 바 없다. 아무리 노력해도 벗어날 수 없는 충격을 반복해서 개에게 주다 보면 나중에는 어떤 해를 가하더라도 반응을 보이지 않게 된다. 조금만 움직이면 피할 수 있는 상황이 되어도 움직이지 않는다.

엄마 배 속에서부터 너는 다른 애들을 패면서 커야 한다, 고 정해진 사람은 없다. 마찬가지로 너는 맞으면서 커야 한다, 고 정해진 사람 역시 없다. 어떤 일이든 당연하게 벌어지는 일 같은 건 없는 것이다. 무언가 부당하다고 생각되는 일이 있으면 하지 말아야 하고, 하지 못하게 막아야 한다. 그러나 그러는 사람은 드물다. 어쩔 수 없다, 는 변명의 다양한 변주를 방패로 들고 회피하기에 급급할 뿐이다. 적어도 내가 학교에서 본 인간들은 그랬다.

나 역시, 그랬다. 그런 놈이었다. 그래서 서찬희에게 가해지는 온갖 역겨운 짓거리들을 지나쳤다. 나중에는 어설픈 타협을 시도하기까지 했다. 서찬희는 답답한 자식이니까, 저 녀석에게도 문제는 있으니까, 그러니 어쩌면 저런 취급을 당하는 게 당연할지도 몰라, 하고.

"그만하세요."

몸을 펴고 앞으로 걸어가며 말한다. 당당하게 서서 얕보이지 않으려고 했는데 목소리가 지랄같이 떨렸다. 뿔테와 여드름이 흠칫 놀라 고개를 돌린다. 1학년은 경직된 자세로 서서 움직이지 않았다.

"아 씨발, 뭐 온 줄 알았네."

"뭐야 넌?"

여드름이 묻는다. 나는 할 말이 궁해졌다.

"전……,"

뭐라고 대답하면 좋을까 고민하는데 뿔테가 갑자기 아, 하고 나를 가리킨다.

"나 이 새끼 알아. 너 안승범 따까리지?"

안승범 따까리? 이 우주에 오해의 종류가 무한하다면, 그중에서도 가장 받고 싶지 않은 오해가 바로 이런 거다. 나는 나도 모르게 화가 치밀어 올라 이를 물고 뿔테를 노려본다.

"뭘 야려, 1학년 핏덩이 새끼가. 승범이 이 새끼는 애들 관리 안 하나?"

"너도 뒤지게 맞아 볼래?"

여드름이 손가락을 꺾으면서 이쪽으로 온다. 여드름의 상체엔 얇고 단단한 뿔테와 달리 두툼하고 무거워 보이는 근육이 덕지덕지 붙어 있다. 넉넉히 잡아 헤비급? 주 관장이 고등부 태권도를 기준으로 잰 내 체급은 페더였다. 안승범의 라이트 미들과는 네 체급이나 차이가 나고, 여드름의 헤비와는 무려 일곱 체급의 차이가 있다.

싸움에서 몸의 무게는 사람들이 생각하는 것보다 훨씬 중요하다. 아무리 오랜 기간 단련해도 넘을 수 없는 벽이라는 게 있다. 주 관장은 거듭 이 사실을 강조했다. 타고난 골격은 어쩔 수 없는 거야. 괜히 깝치다가 저승길 밟는 수가 있어.

싸우자 이 개새끼들아. 나는 머릿속으로만 당당하다. 당당한 머릿속과 관계없이 온몸에서 힘이 빠져나갔다. 뿔테를 노려보던 눈은 벌써 땅바닥 어딘가로 떨어져 내렸다. 싸우자고. 다시 입 모양으로만 속삭인다. 주먹을 움켜쥐려고 해 봤지만 맥없이 떨릴 뿐이다.

"안승범이, 오시라고."

내가 말했다.

"뭐?"

"대독이 찾는다고……, 빨리 오시래요."

모기보다 못한 소리였다. 뾸테와 여드름은 서로 마주 보고 뭐라고 의견을 나누더니 욕을 하면서 교복을 주워 입었다.

"씨발 군기 잡으랄 땐 언제고 갑자기 왜 오라 마라 지랄이야."

비겁한 놈. 어딘가에서 내가 말했다. 떨고 있는 나는 마치 내가 아닌 것처럼, 길거리에 굴러다니는 찌그러진 깡통처럼 느껴졌다. 교복을 입은 뾸테는 내 옆을 지나가며 예고 없이 복부에 주먹을 날렸다. 나는 명치에 송곳으로 찔린 것 같은 고통을 느끼며 바닥에 주저앉는다.

"곧 시합이라 봐주는 거야. 운 좋은 줄 알아, 싸가지 없는 새끼야."

마음만 먹으면 얼마든지 싸울 수 있었다. 하지만 주 관장은 준비가 되기 전까지 몸을 사려야 한다고 말했다. 나는 겨우 한 번 참았을 뿐이다. 아직은 어디에도 나설 수 없다. 더 중요한 일이 있으니까. 내가 비겁한 게 아니니까.

끝도 없이 터져 나오는 변명에 계속 파묻히다가 정신을 차린다. 나는 주먹으로 땅바닥을 내리치고 숨을 멈췄다. 병신 같은 새끼. 억지로 울음을 삼킨다. 여기서 꼴사납게 눈물을 흘리면 죄다 포기하고 다시 컴컴한 병실의 한쪽 구석으로 쫓기듯 도망쳐

버릴 것 같았다.

4교시가 끝나고 점심을 알리는 종소리가 들려왔지만 나는 한참 동안 소각장 앞에 널브러져 있다. 주체할 수 없는 공포가 빠져나간 후에는 끝없이 펼쳐진 사막같이 뜨거운 허무함이 뒤를 이었다. 아직 더 할 수 있어. 주 관장은 내가 언제 자포자기의 심정으로 훈련을 포기하려 하는지 귀신같이 알아차렸다. 산이 누나와 함께 로드워크를 할 때, 쉬지 않고 줄넘기를 넘길 때, 길고 힘겨운 스쾃의 마지막 세트를 할 때. 주 관장은 인사를 건네듯 대수롭지 않은 투로 말하곤 했다. 아직 더 할 수 있어. 계속해.

나는 가까스로 감정을 추스르고 자리에서 일어선다. 주 관장의 듣기 싫은 목소리를 목발로 삼아 절뚝거리며 걷는다.

훈련을 하면서 스스로가 조금은 달라졌다고 여겼다. 적어도 입원하기 전보다는 나은 인간이 되어 간다고 믿었던 것이다. 소각장에서 있었던 일은 내가 예상했던 것보다 더 크게 나를 흔들어 놓았다.

남은 수업이 어떻게 지나갔는지 모르겠다. 종례가 끝나고 가방을 챙긴다. 나는 기력 없이 늘어져서 간신히 교실 밖으로 걸어 나왔다. 양아영이 뭐라고 말을 걸며 쫓아왔지만 대충 손사래를 치고 지나쳤다. 그나마 다행인 건 소각장에서 이름을 판 안승범이 여전히 나를 내버려 두고 있다는 사실이었다.

정류장 앞에 서서 멍청하게 버스를 기다린다. 체육관으로 가는 버스가 왔지만 나는 가만히 서 있기만 했다. 그렇게 두 대를 보낸다. 몇 분 정도 그러고 있었던 것 같다. 어깨를 무겁게 짓누르는 가방 끈을 고쳐 메고 집을 향해 걷는다. 일요일 하루만 쉬고 나머지는 빠짐없이 나올 것, 이라고 주 관장이 단단히 일렀지만 그런 건 아무래도 좋았다. 몸에 물을 끼얹은 다음 저녁 내내 누워 있고 싶었다.

집에 도착하자마자 가방을 던져 놓고 욕실에 들어가 옷을 벗는다. 때가 타서 흐린 거울 너머로 부실하게 생긴 남자아이가 이쪽을 보고 있다. 한 대 힘껏 치면 금방 바스라질 것처럼 나약한 놈이었다. 샤워기를 틀고 배수구로 흘러드는 물줄기를 한참 동안 아무 생각 없이 바라본다. 눈을 감으면 여러 사람들의 얼굴이 보인다. 안승범. 강준혁. 그리고 다른 빌어먹을 인간들.

씻고 나서 가벼운 옷차림으로 갈아입은 뒤 방 안에 누워 있는데 집 전화가 울렸다. 엄마도 나도 휴대폰이 없지만 집 전화가 그렇게 자주 오는 편은 아니다. 가끔 아빠가 퇴근하면서 야식으로 뭐 먹고 싶으냐고 물어볼 때나 쓸까. 가만히 있으면 알아서 끊어지겠지, 했는데 그럴 기색이 없었다. 벨소리가 정확히 열다섯 번 울렸을 때 나는 신경질적으로 일어나서 수화기를 집어 들었다.

"여보세요."

"여보세요."

어딘가 조심스러운 여자의 목소리다.

"네, 여보세요."

왠지 나는 한 번 더 여보세요, 하고 고집스럽게 말을 받았다. 병신 같은 짓이었다. 가끔 나는 병신 같다는 걸 알면서도 그런 짓을 할 때가 있다.

"거기 이수애 씨 댁 아닌가요?"

상대는 약간 당황한 기색으로 엄마의 이름을 대며 전화를 잘못 건 게 아닌지 확인한다.

"맞는데요. 누구세요?"

"전 이수애 씨 친군데……, 혹시 아드님 되시나요?"

어디선가 들어 본 목소리라고 생각했는데 그제야 나는 전화를 건 사람이 누구인지 알아차렸다.

"도도새 아줌마?"

"오랜만이네. 퇴원한 거야? 건강하지?"

그리고 일상적인 안부가 오간다. 도도새 아줌마는 엄마를 만나러 오고 싶다고 했다. 아줌마와는 느닷없이 헤어진 이후로 한 번도 연락이 닿았던 적이 없다. 갑자기 무슨 일일까. "엄마랑 약속은 잡으신 거예요?" 하고 물었더니 "그런 건 아니야. 염치없이 미안해." 하며 한숨을 내쉰다. 딛고 있는 땅바닥이 지구 반대편까지 꺼져 내릴 것 같은 숨이었다.

모르는 사이는 아니지만 무턱대고 집으로 찾아오라며 반길 수는 없다. 대신 엄마가 퇴근하고 오는 시간을 알려 준 뒤 그즈음에 다시 전화 달라고 했다. 나보다는 엄마의 친구에 더 가까운 사람이었으니까.

"대충 어디쯤인지만 말해 주면 안 될까. 근처에서 기다릴게."

도도새 아줌마가 말했다. 무슨 사정이 있는지 모르겠지만 갈 곳이 딱히 없다는 투였다. 나는 들고 있던 수화기를 다른 손으로 옮겨 쥐고 머뭇거린다. 오늘은 어쩐지 후회되는 선택을 많이 하게 되는 것 같다.

"……펜 있어요?"

나는 도도새 아줌마에게 집 근처 정류장으로 오는 길을 알려 준다. 정류장 바로 앞에 카페가 있으니 거기서 만나자고. 도도새 아줌마는 조금 기운이 붙은 목소리로 "그래, 고마워. 이십 분 정도 걸릴 거야." 하고 전화를 끊었다.

도도새 아줌마의 방문이 귀찮기는 했지만 혼자 방바닥에 누워서 비참함을 곱씹는 것보다는 훨씬 나을 것 같았다. 나는 양말을 신고 옷장에서 얇은 코트를 꺼내 입는다. 오늘은 공장에 야간 근무가 없는 날이다. 한 시간 정도 기다리면 엄마가 퇴근할 터였다. 그때까지 도도새 아줌마와 뭐라도 마시면서 이야기를 나누는 것도 나쁘지 않을 거다.

십 분 정도 집에서 미적거리다가 밖으로 나와 약속한 장소로 걸어간다. 저녁 7시를 조금 넘긴 시간이었는데 사방이 벌써 캄캄했다. 골목을 지나서 거리로 나오자 바짝 붙어 다니는 연인들이 심심찮게 보였다. 무의식적으로 양아영을 생각하다가 화들짝 놀란다. 아니 내가 왜 그런 고약한 계집애를 떠올리고 있지? 확실히 나는 인간관계를 좀 넓힐 필요가 있다.

도도새 아줌마는 카페에 먼저 와 있었다. 1층 창가 자리에 혼자 앉아 여느 때처럼 냅킨 위에 뭔가를 그리고 있다. 카페 문을 열고 들어가 카운터에서 그럴듯한 이름의 커피를 한 잔 주문하고 도도새 아줌마가 있는 자리로 향했다. 도도새 아줌마는 내가 맞은편 의자를 끌어다 앉자 그제야 고개를 들고 "어, 생각보다 일찍 왔네." 하고 손을 들어 인사했다.

"뭘 그리는 중이세요?"

냅킨을 슬쩍 엿보며 묻는다. 도도새 아줌마는 미리 주문해서 마시고 있던 커피 잔을 손에 들고 "가져가. 선물이야." 하고 말했다.

아줌마는 병원에 있을 때도 주변 사람들을 새처럼 그려서 선물로 주곤 했다. 닮은 건 깜짝 놀랄 만큼 닮았는데 아닌 건 심각하게 아닌, 그런 그림이었다. 엄마는 나무 기둥에 발톱을 박아 넣고 부리로 쪼는 딱따구리 그림을 받았다. 화장대 유리 밑에 깔려 있어서 지금도 가끔 오가며 본다. 엄마는 그림이 자신과 비슷하다고 좋아했다. 내가 보기에는 도대체 어디가 어떻게 비슷하다는 건지 알 수 없었다.

병실 안의 사람들은 각자 그림을 두어 장씩 받았다. 나만 받지 못했다. 도도새 아줌마는 그게 마음에 걸렸는지 넌 그리기 힘든 스타일이야, 하고 변명하듯 말했다. 그리기 힘든 스타일이라는 게 어떤 건지 모르겠지만 아무튼 나는 그렇군요, 하고 납득하는 시늉을 했다. 그림을 받지 못해 섭섭했던 적은 없다.

"이게 저예요?"

냅킨을 집어 들며 묻는다. 도도새 아줌마는 보일 듯 말 듯 고개를 끄덕인다. 냅킨에 그려진 건 새가 아니다. 아니, 아마도 새가 맞긴 할 테지만 무슨 새인지 아직 모르는 상태다. 단단해 보이는 둥그런 알이 둥지 위에 놓여 있다.

"제가 원하는 새가 이 안에 있어요?"

내가 장난스럽게 물었다. 그런 소설이 있다고 들었다. 자꾸만 자기 마음에 드는 양을 그려 달라고 귀찮게 구는 외계인에게 구멍 뚫린 상자를 하나 그려 주고 그 안에 양이 있다고 했더니 비로소 만족하더라는. 그런데 그건 사기 아닌가. 소설의 내용을 듣고 사기당한 외계인이 조금 불쌍하다는 생각을 했었다.

"원하는 새가 안에 있는 건 아니지."

도도새 아줌마는 커피를 한 모금 마시고 여유롭게 눈썹을 쓱 올려 보이며 대답했다. 어리석은 비판을 대하는 능숙한 예술가처럼 보인다. 이렇게 보면 유명한 그림책 작가라는 말이 아주 뻥은 아닌 것 같다.

"아무튼 고마워요."

나는 냅킨을 주머니에 넣는다.

"키가 조금 컸네."

도도새 아줌마가 말했다. 아무도 그런 말을 한 적이 없었기 때문에 나는 "그래요?" 하면서 정말로 키가 컸는지 생각한다. 한창 클 나이라고 해도 내가 크고 있다는 느낌을 받았던 적은 한 번도 없다.

"아줌마는 좀……." 야위었네요, 하고 말하려다가 입을 다문다. 도도새 아줌마는 못 본 새 눈에 띄게 왜소해졌다. 눈 밑에 짙은 그림자가 끼었고 안색도 좋지 않다.

"어머니는 어때? 아직도 아버지 공장 다니셔?"

도도새 아줌마가 부자연스럽게 화제를 돌렸다. 나는 고개를 끄덕이고 "두 분 다 바쁘시죠 뭐." 하고 대답한다. 갑작스럽게 떠난 이후로 도도새 아줌마가 어떻게 지냈는지 궁금했지만 묻지 않았다.

내 나이 또래의 아이들이 어른과 1대 1로 친해지기란 어려운 일이다. 여러 명이 있을 때는 괜찮지만 둘이서는 서먹하다. 교실 안에서 아무렇지도 않게 농담을 주고받던 선생이 교무실에서는 부담스러워지는 게 그렇다.

어색하게 마주 앉아 서로 할 말을 찾고 있던 중 적절하게 카운터에서 내가 주문한 커피가 나왔다. 나는 자리에서 일어나 최대한 시간을 들여 커피를 받아 온다. 뭔가 있어 보이는 이름이라 시킨 커피는 잔이 손톱만큼 작아서 놀라웠는데 맛은 그것보다 더 놀라웠다. 조심스럽게 입술을 댔다가 펄쩍 뛰어오를 뻔한다. 아니 씨발 여기서는 이따위 걸 커피라고 판단 말인가.

"에스프레소는 취향을 많이 타. 머그컵 하나 달라고 해서 물이랑 시럽을 넣으면 괜찮을 거야."

도도새 아줌마가 말했다. 나는 커피 잔을 내려놓고 "당근 주스보다는 낫네요." 하고 말했다. 거짓말이었다. 당근 주스는 마실 수라도 있지.

"우리 딸은 카페에 오면 에스프레소밖에 안 마시더라."

왜인지 모르겠지만 이렇게 말하는 도도새 아줌마는 어딘가 슬퍼 보였다. 나는 당황해서 커피 잔을 멀찍이 밀어 놓고 도도새 아줌마의 기색을 살폈다.

"우리 딸이……."

아줌마는 말을 잇지 못하고 고개를 떨어뜨린다.

나는 남편과 함께 있던 도도새 아줌마의 모습을 떠올렸다. 축 처져 있던 아줌마의 어깨를.

"집에 엄마 곧 오실 거예요."

아무짝에도 쓸모없는 말이라는 건 안다. 어쨌든 나는 주문처럼 입을 열었다. 엄마의 능숙함이 절실했다. 언제든 혼자 모든 일을 할 수 있을 것처럼 굴었지만, 이런 상황에서는 도대체 뭘 어떻게 해야 하는지 모르겠다.

도도새 아줌마는 오랫동안 말없이 앉아 있었다. 나는 빨리 시간이 지나기를 기다리며 자리를 지켰다. 도도새 아줌마가 울기 시작했다.

08
사람들은 모른다

시민스포츠센터는 시에서 조성한 공원을 지나 조금 더 걸어가면 나온다. 나는 공원 입구에 서서 양아영을 기다리고 있다. 주말이면 발 디딜 틈 없이 붐비는 곳인데 점점 쌀쌀해지는 날씨 때문인지 사람이 썩 많지는 않았다. 체육관 사람들과 함께 차를 타고 편하게 경기장에 올 수도 있었지만 양아영이 쓸데없이 같이 가자고 하는 바람에 따로 대중교통을 이용해야 했다.

공원 가운데 높이 세워진 시계탑은 이제 12시 10분을 지나고 있다. 시합은 오후 1시부터였는데 양아영은 정오에 미리 만나자며 일방적으로 통보하고는 전화를 끊었다.

나는 시간 맞춰 도착했다. 개념 없는 양아영은 아직도 올 기미가 보이지 않는다. 코트를 단단히 여미고 근처에 있는 의자에 가서 앉았다. 이제 가을도 다 끝나고 겨울이 코앞이다. 그런데도 공원 한복판에 웬 할아버지가 아이스크림, 이라고 크게 써 붙인 아이스박스를 땅바닥에 놓고 장사하는 모습이 눈에 들어왔다. 어떤 멍청이가 이런 날씨에 아이스크림을 사겠냐.

양아영은 시계탑이 정확히 12시 17분을 가리킬 때 도착했다. 십칠 분이나 늦은 주제에 여유로운 투로 "어, 먼저 왔네." 하며 말을 걸어왔다. 짜증스러운 표정으로 "야, 지금이 몇 신데," 하면서 고개를 돌리다가 입을 다문다.

나는 한바탕 쏟아 내려던 비난의 말들을 모조리 삼키고 양아영을 물끄러미 보고 있다. 언제나 교복을 입은 모습만 보다가 평상복 차림의 양아영을 보자 낯선 느낌이 들었다. 모르는 사람이 양아영의 목소리로 말을 걸어온 거라고 해도 믿겠다. 꾸미는 것도 이쯤 되면 변신이지, 변신.

"왜?"

양아영이 묻는다. 변신이니 어쩌니 말을 꺼냈다가는 본전도 못 찾을 거 같아서 그냥 "늦었잖아." 하고 인상을 찌푸린다.

"많이 기다렸어?"

정각에 왔으니 굳이 따지면 십칠 분 기다린 셈이지만 나는 "기다리다 돌 되는 줄 알았다." 하고 무척 오래 기다린 것처럼 대답했다. 양아영은 양 손바닥을 붙이며 "죄송." 하고 사과하는 시늉을 한다.

"너 화장했냐?"

"안 했거든."

내가 묻자 양아영이 정색을 했다.

"입술 터서 립밤 바른 거야. 왜, 내가 화장한 것처럼 예뻐?"

양아영이 장난스럽게 물었다. 평소처럼 뭔 헛소리야, 하고 대충 받아치면 되는데 나는 왠지 말이 꼬여서 우물우물 아무 대꾸도 하지 못한다. 그러자 양아영도 입을 다물고 어색하게 웃었다. 잠시 서로 마주 보며 할 말을 찾는 이상한 침묵의 순간이 왔다.

"아이스크림 먹자."

이윽고 내가 무슨 등신 같은 소리를 꺼낸다. 양아영은 기다렸다는 듯 "늦었으니까 내가 살게." 하고는 아이스박스 앞에 앉은 할아버지에게 뛰어갔다.

촐랑거리며 뛰어가는 양아영에게 주변의 시선이 모여드는 게 보인다. 교실에서도 그랬는데 밖에서는 더 그런 것 같다. 한껏 꾸미고 나온 양아영에 비하면 나는 차라리 교복을 입는 게 더 나을 것 같은 거지 같은 차림새를 하고 있다. 대충 챙겨 입은 낡은 청바지에 구겨진 셔츠, 그리고 학생 코트가 전부다. 신경을 좀 쓸 걸 그랬나. 후회가 들었지만 곧 잊어버렸다. 내가 쟤 남자친구도 아니고, 뭐 어때.

시민스포츠센터는 먹을 걸 가지고 들어가는 게 금지되어 있기 때문에 양아영과 나는 시합 시작 전까지 아이스크림을 먹으며 바깥에서 시간을 때웠다. 혼자 있을 때는 몰랐는데 이쪽 공원은 꽤 잘 꾸며져 있어서 산책하기가 좋았다.

"병원 사람들은 어때? 다들 잘 지내신대?"

걸어가며 양아영이 묻는다. 나는 "그걸 내가 어떻게 아냐. 나도 퇴원하고 나서는 못 가 봤어." 하고 대답했다. 복도에서 수 간호사를 보고 도망치듯 돌아섰던 기억이 떠올랐다. 집 앞으로 찾아와 울던 도도새 아줌마의 모습도.

도도새 아줌마는 엄마를 만나서 한참을 이야기하다 갔다. 집으로 돌아갔는지는 모르겠다. 나는 방에 들어와 자는 척을 하며 도도새 아줌마의 이야기를 들었다. 밤이 새도록 이어지는 긴 이야기였다.

아줌마는 병원에 들어오기 전 매일 쓰러질 때까지 술을 마시던 중독자였다. 야근이니 뭐니 해서 집을 비우는 날이 많은 남편을 기다리며 가볍게 한두 잔 기울이던 게 시작이었다. 한두 잔은 서너 잔, 서너 잔은 다시 한 병, 두 병으로 늘었다.

술에 취한 도도새 아줌마는 딸에게 주사를 부렸다. 사소한 잘못을 핑계로 매를 드는 날이 많았다. 체벌은 손찌검이 되었고 딸과 엄마의 관계는 조금씩 서먹해졌다. 도도새 아줌마는 몸에 알코올 기운이 돌지 않으면 견딜 수가 없었다.

"도도새 아줌마한테 딸 있다는 거 알아?"

생각에 잠겨 있다가 나도 모르게 입을 연다. 양아영은 어느새 과자 부분만 남은 아이스크림을 뜯어 먹으며 대답했다.

"들었어. 우리보다 나이 많다던데."

"사이가 별로래."

"그럴 수 있지."

양아영이 대수롭지 않다는 투로 말했다.

도도새 아줌마가 병원에 들어온 건 일종의 도피였다. 남편은 중독자 치료 센터를 권했지만 그런 곳으로 들어가 버리면 자신이 진짜 중독자라는 걸 인정하는 꼴이 될 것 같아 거절했다.

그러나 아무리 마음을 독하게 먹어도 혼자의 힘으로 술을 끊는 건 불가능했다. 새사람이 되겠다며 호언장담하고 무너지는 과정을 반복하면서 아줌마는 딸이 엄마에게 품고 있던 일말의 희망마저 버리는 걸 보았다.

가족들 몰래 집을 빠져나와 입원을 결심하기까지 오랜 시간이 걸렸다. 어렵게 술을 끊은 뒤에도 집에 돌아갈 수가 없어서 입원 생활을 하며 가까워진 박 할아버지의 간병 일을 시작했다. 전문 간병인으로 고용된 건 아니었지만 박 할아버지는 아줌마에게 적당한 양의 생활비를 챙겨 주었다.

"나도 우리 엄마랑 사이가 좋지는 않아."

양아영이 말했다. 나는 반도 못 먹은 아이스크림을 손에 들고 쓰레기통에 던져 버릴까 망설인다.

"남동생이 하나 있는데, 엄마가 차별을 진짜 많이 하거든. 집안의 기둥이라고. 정작 집안일 바빠지면 옆에서 허리가 휘어라 돕는 건 난데. 뭐 좋은 거 있으면 무조건 아들부터 챙겨. 나는 항상 뒷전이고. 짜증 나게."

양아영이 분하다는 듯 몸을 떤다.

나는 외동이지만 양아영이 무슨 말을 하는지는 알 것 같았다. 세상은 언제나 누군가에게는 불공평하다. 언제나 누군가는 손해를 본다.

폭력에 익숙해져서는 안 돼. 도도새 아줌마의 이야기를 들으며 생각했다. 엄마는 아줌마에게 차츰 나아질 거라고 위로했는데 정말로 그럴 것 같지는 않았다. 오래전 도도새 아줌마가 딸에게 손찌검을 가했을 때, 누구라도 나서서 그건 폭력이라고, 잘못된 거라고 말했어야 했다. 남편이든, 딸이든, 아니면 도도새 아줌마 본인이든.

"그거 안 먹을 거면 버려. 다 녹네."

양아영이 내 손에 들린 아이스크림을 가리키며 말했다. 나는 "사 준 건데 버리면 욕할까 봐." 하며 아이스크림을 쓰레기통에 넣었다. 양아영은 뭐가 그렇게 즐거운지 소리 내어 웃는다.

"그렇다고 그걸 그냥 들고 있어? 은근히 귀여운 구석이 있다, 너."

"시끄러워."

시간은 이제 40분을 넘어가고 있다. 표를 손에 쥐고 시민스포츠센터 안으로 들어가는 사람들이 드문드문 보였다. 나는 입구에서 안내하고 있는 사람에게 선수 대기실이 어디인지 물어보려다가 마음을 바꾼다. 안 그래도 눈에 불을 켜고 놀려 먹을 거리를 찾는 사람들에게 양아영과 같이 있는 꼴을 보이면 무슨 소리를 들을지 모른다. 어차피 보기는 할 테지만 경기가 끝난 뒤에 보는 게 더 나을 거다.

"대기실로 안 가?"

"지금 가면 방해만 돼."

나는 경기장 쪽으로 걸음을 옮겼다.

시민들이 적당한 돈을 내고 이용할 수 있게 꾸려 놓은 수영장과 헬스클럽 같은 곳을 지나 경기장 안으로 들어간다.

누나는 여자 권투가 별로 인기 없는 종목이라고 했지만 생각했던 것보다 관람석에 사람들이 많았다. 양아영은 냉큼 맨 앞으로 내려가 앉는다. 나도 양아영을 따라 내려가며 링 주변에서 몸을 푸는 선수들을 살핀다. 산이 누나랑 주 관장은 아직 대기실에 있는지 보이지 않았다.

"아, 떨린다."

양아영이 가슴을 쓸어내리며 말했다.

"니가 시합하는 것도 아닌데 뭐가 떨려?"

"몰라. 그냥 떨려."

좁은 경기장 둘레에 빽빽하게 현수막이 걸려 있는 게 보였다. 권투 요정 오산이 현수막보다 더 말도 안 되게 꾸민 응원 문구들이 많았다. 한쪽에 반듯하게 걸린 우리 체육관의 현수막이 초라해 보일 정도였다. 이 정도인 줄 알았으면 비웃지 말고 더 오버해서 만들자고 할걸.

곧 체급별로 라이트 플라이부터 라이트 웰터까지 묶은 A조 경기가 시작된다는 안내 방송이 나왔다. 오늘은 A조 경기를 하고 내일은 웰터부터 슈퍼 헤비까지 묶은 B조의 경기가 있다. 각 조마다 체급별로 열여섯 명이 출전한다. 체육관에서 대진표를 확인한 산이 누나는 A조 사람들 경력이 만만치 않다면서 짜증을 냈다.

나는 눈썹 사이를 좁히고 열심히 산이 누나를 찾는다. 무슨 일이라도 생겼나? 그런 걱정이 들 때쯤 산이 누나와 주 관장이 대기실에서 걸어 나왔다.

"언니! 파이팅!"

양아영이 느닷없이 소리를 지르는 바람에 하마터면 의자에서 굴러떨어질 뻔했다. 산이 누나가 이쪽을 보고 여유롭게 고개를 까딱한다. 나는 거만한 누나의 응답에 조금 마음이 놓였다. 오히려 옆에 있는 주 관장이 더 긴장하고 있는 것처럼 보였다. 나는 주 관장을 손가락으로 가리키고 엄지를 추켜세운다. 주 관장이 웃으며 뭐라고 했다. 입 모양을 보니 까불지 마, 라고 한 것 같다.

바로 경기로 넘어갈 줄 알았는데 주최 측이 선수들을 한데 모으더니 개막식을 시작했다. 규모는 작아도 개막식은 그럴듯했다. 한쪽 벽에 크게 걸린 국기를 보며 애국가를 부르고, 이어 단상 위로 올라온 사회자가 어디 협회 무슨 직을 맡은 아무개들을 소개하고는 이 사람들이 얼마나 대단한지, 그리고 이 시합은 또 얼마나 대단한지 길게 설명했다. 그럴듯한 개막식이 다 그렇듯 지겨운 시간이었다. 그래도 선수 자리에 앉아 고개를 떨어뜨리며 졸고 있는 산이 누나를 보는 건 재미있었다.

산이 누나는 아마추어 복싱 페더급이고 페더는 체급별 시합 중 딱 중간으로 일정이 잡혀 있다. 페더 중에서는 누나의 시합이 가장 먼저다. 나는 양아영에게 잠깐 화장실에 다녀온다고 하고 경기장 밖으로 나왔다. 문에 음식 반입 금지, 라고 빨갛게 적혀 있는데도 먹을 걸 가지고 들어오는 사람들이 대부분이다. 아예 관람석에서 오징어 같은 걸 팔기도 했다.

화장실에 들러 소변을 본 뒤 손을 씻고 거울을 본다. 잠을 설쳐서 그런지 눈동자에 가는 핏줄이 여러 가닥 퍼져 있다. 피부가 거친 느낌이다. 수시로 꾸는 악몽 때문에 제대로 푹 자 본 게 언제인지 가물가물하다. 아무리 다듬어도 불만족스러운 머리카락을 쓸어내리고 화장실 밖으로 나가려다가 멈칫한다. 복도 저편에서 눈에 익은 도복을 입은 아이들이 우르르 몰려오고 있었다.

운동부 애들이다. 12월에 있을 예정인 태권도 시합 때문에 미리 경기장을 둘러본 모양이다. 안승범이나 지난번에 만났던 상급생들은 보이지 않았지만 나는 일단 화장실 문 옆에 몸을 붙이고 고개를 숙였다. 대독이 뭐라고 떠들면서 아이들을 통제하는 소리가 들렸다. 운동부 무리가 화장실 앞으로 지나간 후에도 잠시 기다렸다. 운동부와는 가능하면 마주치고 싶지 않다. 운동부 전체가 안승범이나 소각장에서 본 놈들처럼 양아치는 아닐 테지만, 어쨌든 반갑지 않다.

"라이트 플라이급이래. 지금 시작했어."

자리로 돌아오자 양아영이 설명했다. 나는 양아영 옆에 앉으며 자판기에서 뽑아 온 음료수 캔을 내민다.

"탄산 아냐."

양아영은 눈을 동그랗게 뜨고 음료수를 받는다.

"너 무탄산만 마신다며?"

"누가 그래?"

나는 니가 그랬잖아, 하고 쏘아붙이려다가 "아니면 말고." 하며 캔을 땄다. 양아영은 눈을 가늘게 뜨고 이쪽을 보더니 말했다.

"별걸 다 기억하고 있네. 섬세하신데?"

"마시기 싫으면 내놔."

양아영은 음료수 쥔 손을 뒤로 쭉 빼면서 "줬으면 땡이지." 하고 혀를 쏙 내밀었다. 유치하기는.

아마추어 복싱은 한 라운드가 이 분 동안 진행되고 일 분을 쉰다. 그렇게 4라운드까지 가면 끝이다. 링은 경기장 안에 세 개가 있고 시합이 끝나면 바로 다음으로 넘어가는 식이라 진행 속도가 빨랐다. 라이트 플라이, 플라이, 밴텀……. 체급당 한 시간 정도면 경기가 끝났다. 산이 누나의 시합을 보려면 세 시간 정도는 지켜봐야 한다.

처음에 흥미진진하게 관람하던 양아영은 라이트 플라이급이 끝나자 지루한 기색으로 휴대폰을 꺼내 만지작거렸다. 아마추어들의 기술을 보고 배우겠다는 마음으로 눈을 부릅뜨고 있던 나도 양아영과 마찬가지로 점점 지루해졌다.

직접 보는 권투 시합은 내가 어렴풋이 상상하던 것과 많이 달랐다. 시원하게 달려들어서 치고받기보다는 눈치를 보며 툭툭 빠른 잽과 스트레이트로 점수를 따내는 식의 경기가 대부분이었다. 규칙이 있는 스포츠라면 저럴 수 있다. 하지만 안승범과 직접 부딪치려는 나에게는 별로 도움이 되지 않는 광경이다.

"잠깐 밖에 나갈래?"

플라이급 경기가 삼십 분쯤 진행되었을 때 양아영이 불쑥 물었다. 나는 "너랑 나가서 뭐 할 게 있다고." 하면서도 자리에서 일어섰다.

"점심은 먹고 왔어?"

양아영이 묻는다. 엄마는 주말인데도 일을 나가면서 점심이랑 저녁 모두 해 놓았다. 새벽에 일어나 힘들게 해 놓은 밥이 줄어들지 않으면 크게 화를 냈다. 혼자 밥을 먹는 건 내키지 않지만 엄마의 화를 견디는 건 더 내키지 않는 일이다.

"먹었어. 지금이 몇 신데 밥을 안 먹냐."

"난 안 먹었는데. 뭐 좀 같이 먹어 주면 안 돼? 언니 시합까지 아직 여유 있잖아."

"귀찮아."

"그러지 말고요, 내가 살 테니까 가자."

양아영이 바짝 팔짱을 껴 오면서 말했기 때문에 나는 기겁을 하며 뒤로 물러섰다. 덜떨어진 계집애 같으니라고. 그렇게 하면 가슴이 팔에 닿잖아. 양아영은 조금 놀란 표정을 짓더니 "왜 그래? 정전기 올랐어?" 하고 묻는다. 정전기라니 무슨 바보 같은 소리인지.

나는 헛기침을 하고 "근처에 분식집 있어. 거기로 가자." 이렇게 말했다.

"분식 별론데."

"그럼 뭐 먹고 싶은데?"

"글쎄."

양아영은 자기가 뭘 먹고 싶은지도 모르면서 "아무튼 분식은 별로야." 하고 고집스럽게 말했다. 나는 일부러 크게 한숨을 내쉰 뒤 "일단 나가. 나가서 생각해 봐." 하며 양아영의 등을 떠민다.

공원 옆의 도로에는 다양한 음식점들이 길을 따라 쭉 늘어서 있다. 점심이 지난 애매한 시간이라 지금은 한산했다. 나는 보이는 음식점마다 "저기서 먹을까?" 하고 물었고 양아영은 내가 물어볼 때마다 "저기는 별로." 하고 대답했다. 한참 동안 그러며 돌아다니다가 결국 양아영이 "분식이나 먹자." 하면서 걸음을 돌렸을 때, 나는 분노에 찬 소리를 지르지 않기 위해 필사적으로 입술을 깨물어야 했다.

분식집 안에는 손님이 한 명도 없다. 무료한 표정으로 TV를 보던 아줌마가 우리를 안쪽으로 안내했다. 카운터 주변의 넓은 자리는 모두 예약, 이라고 서툴게 휘갈겨 쓴 종이가 붙어 있다. 양아영과 나는 예약석을 피해 입구가 잘 보이지 않는 구석에 앉는다.

"분식집에 예약하는 사람도 있네."

내가 말하자 양아영이 "그러게." 하고 대꾸한다. 입구에 내놓은 떡볶이 냄새에 홀려 건성으로 대꾸한 게 분명하다.

나는 불편하게 앉아서 고개를 쭉 빼고 입구를 본다. 어디든 바깥이 보이지 않는 자리에 앉으면 기분이 좋지 않다. 이런 자리에서 먹을 줄 알았으면 분식 이야기는 꺼내지도 않는 건데.

주문은 직접 하는 게 아니라 식탁 위에 놓인 종이에 적어서 가져다주는 식이다. 양아영은 메뉴판을 보며 글씨를 잔뜩 적더니 나에게 "뭐 시킬 거 있어?" 하고 묻고는 대답도 기다리지 않고 카운터로 걸어갔다. 점심을 든든하게 먹고 오긴 했는데 막상 자리에 앉으니까 나도 배가 약간 고팠다.

주문한 음식을 기다리는 동안 양아영은 휴대폰을 꺼내 열심히 만지작거렸다. 요즘에는 다들 틈만 나면 휴대폰을 꺼내서 들여다보는 게 습관이다. 내가 전에 쓰던 건 사고 나면서 부서졌다. 엄마는 휴대폰 정도야 최신형으로 다시 사 줄 수 있으니 언제든 말만 하라며 큰소리쳤지만 나는 딱 잘라 사양했다. 휴대폰을 새로 사면 예전처럼 하루 종일 엄마의 감시 아래 놓이게 될 게 뻔했으니까. 당장 필요한 것도 아니고.

"왜? 내 얼굴에 뭐 묻었어?"

"재밌냐?"

내가 묻자 양아영은 휴대폰을 손에서 놓고 말했다.

"그냥 할 거 없으니까 하는 거지."

"사람 앞에 두고 그러는 거 예의 아니다, 너."

별생각 없이 말했는데 양아영이 멋쩍게 웃으며 "미안." 하고 사과한다. 언제나 내가 원하지 않을 때만 성실한 아이였다. 덕분에 괜한 질책을 해 버린 나는 어깨를 으쓱하고 "아니 뭐, 하고 싶으면 해. 크게 신경이 쓰이는 건 아니니까……." 하며 말끝을 흐렸다.

"체육관 다니는 거 어때? 좋아?"

양아영이 묻는다. 휴대폰을 하는 대신 쓸데없는 질문을 하기로 마음먹은 모양이다.

"좋지도 않고 싫지도 않아."

나는 성의 없이 대답했다.

"좋지도 않고 싫지도 않은데 왜 다녀? 뭔가 끌리는 게 있으니까 다니는 거 아냐?"

"허약해서 다닌다, 허약해서. 다음에는 트럭이랑 부딪쳐도 멀쩡하려고."

나름 웃기는 농담이라고 생각했는데 양아영의 입꼬리는 1밀리미터도 움직이지 않는다. 웃는 시늉이라도 좀 해 주지. 나는 민망해져서 입을 다문다.

"넌 허약하지 않아."

잠시 뒤에 양아영이 말했다. 그런 말을 할 줄은 몰랐기 때문에 나는 조금 놀라서 양아영의 얼굴을 보았다.

"넌 너를 너무 나쁘게만 생각하고 있어."

"무슨 말도 안 되는 소리야. 닭살 돋게."

"내가 봐서 알아."

"뭘?"

"그날 말이야. 찬희가 사고 당하던 날."

심장이 멎는 줄 알았다. 나는 숨 쉬는 것조차 잊고 꼿꼿하게 경직된 자세로 양아영을 본다. 양아영은 망설이다가 말을 이었다.

"체육 시간이었잖아. 다들 밖에 있었어. 뭔가 떨어지는 소리가 났고 선생님이 확인해 본다며 갔지. 피가 너무 많았어. 찬희는 엎어진 채 꼼짝하지 않았고. 아무도 움직이지 못했어. 선생님도 하얗게 질려서 부들부들 떨고만 있더라. 니가 제일 먼저 찬희한테 뛰어갔어."

그런 적이 있다. 나는 여태까지 생각하지 않고 있던 기억을 떠올린다. 당시의 기억은 하나로 이어지지 않고 부분적으로 끊어지며 머릿속을 찔러 댔다. 나는 옥상에 있었고, 다시 아래에 있었고, 다시 서찬희와 함께 있었다. 정신 차려, 서찬희. 정신 차려 이 새끼야. 서찬희는 살아 있었다. 까마득한 위에서 떨어졌는데도 몇 초 동안은 말을 할 수 있었다. 나는 서찬희가 무슨 말을 하는지 알아듣지 못했다. 그래서 가까이, 귀를 대고 들으려 했다.

그리고 나는…….

"너는 찬희를 끌어안았어. 온몸이 피투성이가 되는데 하나도 신경 쓰지 않았지. 정말 대단했어. 아무나 할 수 있는 행동이 아니니까. 니가 찬희랑 친했다는 건 알지만 너무 죄책감 갖지 마. 그런 사고가 일어날 줄은 몰랐잖아."

"아니야."

나는 양아영의 말을 막는다.

"도대체 뭘 안다고 그래? 아무것도 모르면서."

머리에 손을 대고 눈썹을 찌푸린다. 누군가 못으로 관자놀이를 후벼 파는 것 같다. 세상이 너희를 똑똑히 기억할 거야. 서찬희가 말했다. 웃기는 자식이었다. 세상은 우리를 똑똑히 기억하기는커녕 서찬희의 죽음조차도 제대로 기억하지 못했다. 부실하게 설치된 학교 옥상의 난간이 불러온 참상. 서찬희의 아버지는 진실을 밝히기 위해 아직까지 싸우고 있다.

주문한 음식이 나왔고 양아영과 나는 서로 뭐라고 말하는 일 없이 식사를 했다. 나는 갑작스럽게 찾아온 두통에 시달리며 연거푸 물을 들이켰다.

"산이 언니, 참 예쁘지?"

젓가락을 들고 이것저것 집어 먹던 양아영이 문득 생각난 것처럼 묻는다. 나는 서찬희가 죽던 날의 기억을 털어 내기 위해 안간힘을 쓰는 중이라 양아영의 질문에 바로 대답하지 못한다.

"나도 권투 배울까?"

"갑자기 무슨 소리야."

"그냥. 여기 와서 보니까 여자들이 권투하는 것도 멋지구나, 해서. 나랑 같이 다니면 좋을 거 같지 않아?"

"좋기는 개뿔이 좋아. 난 권투하려고 체육관 다니는 거 아니야."

"그럼 왜 다니는데?"

실수로 꺼낸 말이었다. 양아영이 놓치지 않고 물어 왔다. 나는 머뭇거리다가 "알 거 없잖아." 하고 대충 넘어가려고 했다.

"왜? 이유 없이 다니지는 않을 거 아냐."

양아영이 끈질기게 되묻는다. 내가 체육관을 다니든 소림사를 다니든 너랑 무슨 상관이냐, 하고 쏘아붙이려는데 입구에서 소란스러운 소리가 들려왔다. 나는 이쪽을 빤히 보고 있는 양아영을 무시하고 상체를 기울여 입구 쪽을 살핀다.

"이건 그냥 물어보는 건데, 너 혹시 산이 언니……."

"자꾸 누나 얘기는 왜 해? 이따 볼 거잖아. 조용히 해 봐."

입구로 쏟아져 들어오는 인원 중에 내가 아는 얼굴이 보였다. 단체로 자리를 예약한 건 시민스포츠센터 복도에서 봤던 운동부 애들이다. 재수도 더럽게 없지. 대독이 아이들을 데리고 자리에 앉는다. 아까는 보이지 않던 안승범과 소각장 패거리도 있다. 아직까지는 누구도 구석 자리에 앉은 양아영과 나를 본 것 같지 않았다.

"누가 왔어? 아는 사람?"

입구와 등을 지고 앉은 양아영이 뒤로 시선을 돌리며 물었다.

"학교 운동부. 가만히 있어. 마주치기 싫으니까."

내가 말했다. 양아영이 고개를 갸우뚱 기울인다.

"운동부가 싫어?"

"싫어."

"왜?"

"넌 뭐가 그렇게 궁금한 게 많아?"

양아영은 그제야 입을 다문다. 나는 지끈거리는 머리를 손가락으로 누르며 운동부 애들이 나갈 때까지 잠자코 있기로 했다. 양아영이 눈을 여러 번 깜빡이며 그런 나를 지켜본다. 왠지 나는 그 시선을 견딜 수가 없다.

"왜 그렇게 봐?"

내가 묻는다.

"무슨 일이 있었어?"

나는 의자에 몸을 붙이고 숨을 들이켠다. 아까는 심장이 멎는 것 같았는데 이제는 미친놈처럼 뛰었다. 그저 상황에 맞는 질문을 가볍게 던졌을 뿐, 이게 무슨 무시무시한 신문이나 질책이 아니라는 것쯤은 나도 안다. 그런데도 한번 뛰기 시작한 심장은 좀처럼 진정이 되지 않았다.

심장 소리가 여기까지 들린다, 좆밥 새끼야. 안승범이 말했다. 나는 난간 너머에 서 있는 서찬희를 보고 있다. 서찬희는 떨고 있었다. 눈물이 가득 고인 눈동자가 안승범 패거리를 향했다. 내가 못 뛰어내릴 거 같아? 서찬희가 말했다. 안승범은 웃었다.

뭐라고 말을 하지? 나는 얼어붙어 있다. 몇 번이나 입을 열어 말하려고 하지만 한마디도 꺼내 놓지 못한다. 그러나 안승범은, 그럼 빨리 뛰어, 새끼야. 사람 불러 놓고 말만 좆나게 하네. 무서워서 못 하겠어? 하며 비아냥거렸다. 세상이 너희를 똑똑히 기억할 거야. 서찬희가 말했다. 여기에 니들 이름 다 적었어. 그렇게 말하는 서찬희의 손에는 작은 봉투가 들려 있었다. 내가 죽으면 악귀든 뭐든 되어서 너네 모두 죽을 때까지 괴롭혀 줄게.

그만해. 같이 올라와 있던 강준혁이 한숨처럼 말했다. 너 그럴 용기 없잖아. 그러자 다들 웃었다. 안승범이 강준혁의 말을 이었다. 야, 그리고 니가 거기서 뛰어내린다고 해도 우린 내려가서 유서만 찾아다 찢어 없애면 그만이야. 헛짓거리하지 말고 이리 와. 스파링 몇 번 하고 끝내자. 난간을 움켜쥔 서찬희의 손가락이 눈에 띄게 하얗게 변했다. 아무도 말리지 않는다. 안승범도, 안승범의 패거리도, 그리고 강준혁도.

서찬희가 결심을 굳히고 난간에서 멀어지려는 순간, 서찬희와 나는 눈이 마주쳤다. 서찬희는 나를 똑바로 바라보았다. 아무것도 하지 마. 서찬희가 말했다. 앞으로도 계속, 아무것도 하지 말고 살아. 그리고 세상이 아주 빠르게, 아니, 아주 느리게 움직이기 시작했다. 안승범은 웃음을 머금고 있던 얼굴 그대로 굳어 있다가 이런 미친 새끼, 하고 짧게 욕설을 뱉었다. 영원처럼 긴 시간이 흐른다. 이런 미친 새끼. 안승범이 다시 말했다. 그리고 아래에서 뭔가가 거칠게 부딪치는 소리가 났다.

"괜찮아?"

양아영이 묻는다. 나는 퍼뜩 정신을 차렸다. 운동부 놈들이 웃고 떠드는 소음으로 시끌벅적하다. 할 일이 있었지. 자리에서 급하게 일어서다가 그대로 멈춘다. 날카로운 칼로 도려 내는 것처럼 아프던 머리가 이제 둔탁한 통증 속에 둥둥 떠다닌다. 양아영이 놀란 표정으로 이쪽을 보고 있다. 그제야 여기가 분식집이라는 걸 깨닫는다.

"미안해."

도로 의자에 앉으며 말했다. 잠깐 정신을 놓고 있었다. 양아영이 볼 때는 정신병자의 발광처럼 보였을지도 모른다. 나는 벽에 걸린 시계를 보고 슬슬 나가야 할 때라는 걸 알았다. 양아영이 내 시선을 좇고는 "괜찮은 거야? 병원에 가 봐야 하는 거 아냐?" 하고 물었다.

"괜찮아. 나가자."

나는 양아영의 손을 잡고 카운터로 나왔다. 운동부 애들 중 몇 명이 이쪽을 알아보고 뭐라고 말을 거는 듯했지만 이제 그따위 건 아무래도 좋았다.

"야, 너네 뭔데 선생님을 쌩까냐? 둘이 사귀냐?"

양아영이 계산을 하는 동안 아이들 틈에 섞여 떠들어 대던 대독이 웃으며 말했다. 나는 고개를 돌리고 혐오스러운 눈길로 대독을 본다. 이죽거리던 운동부 애들의 분위기가 험악해진다.

"이 새끼가 농담 좀 한 거 가지고 왜 이래? 미쳤냐?"

"죄송합니다, 선생님. 얘가 지금 몸이 안 좋은 것 같아요."

잽싸게 계산을 마친 양아영이 앞으로 나서서 머리를 숙인다. "얼른 너도 사과 드려." 양아영은 이럴 때조차도 어쩔 수 없이 반듯하다. 나는 아니었다. 안승범도, 소각장 패거리도 아니었다. 그런데 사람들은 그걸 모른다. 아니면 알면서도 모르는 척 넘어가는 것이다. 진짜 나쁜 새끼들이 누구인지. 비난받아야 할 놈들이 누구인지.

"선생님, 서찬희 기억하시죠?"

내가 말했다. 서찬희의 이름을 꺼내자 대독은 그게 마치 무슨 불길한 주문이라도 되는 것처럼 몸을 움츠렸다.

"서찬희가 왜 죽었다고 생각하세요?"

"그 이야기는 갑자기 왜 꺼내?"

안승범이 끼어든다. 나는 "넌 닥치고 있어." 하고 말했다. 안승범이 기가 차다는 표정으로 뭐라고 대꾸하기 전에 대독이 입을 열었다.

"그래, 네가 찬희랑 가까웠다는 거 알아. 그래서 그게 궁금한 거냐? 찬희가 죽은 이유가?"

나는 대독을 보고 있다. 대독은 고개를 끄덕이고 말을 이었다.

"그동안 힘든 게 많았겠지. 선생님은 이해할 수 있어. 나도 진심으로 안타깝게 생각해. 하지만 그렇다고 아무 이유 없이 다른 사람을 탓해서는 안 되는 거야."

"왜요? 잘못한 사람이 없으니까?"

내가 묻는다. 대독은 마치 기다리기라도 한 듯 곧바로 대답했다.

"딱히 누가 잘못했다고 할 거 없어. 그냥 우리 모두가 잘못한 거야."

그냥 우리 모두가 잘못한 거다. 이 얼마나 편리한 말인지. 어른들은 아이들에게 뭔가 좆같은 일이 벌어지면 항상 모두에게 책임을 물으려 한다. 너희 모두가 잘못했다. 아니, 너희를 가르친 우리 모두가 잘못했다. 아니, 이런 세상을 만든 전 세계의 모든 인간들이 잘못했다. 그러고 나서 잠깐 근엄한 표정을 짓고는, 잊어버린다.

모두의 잘못이라는 건 다시 말해 아무도 책임지지 않을 거라는 말과 같다. 너나 나나 똑같이 잘못했다는 건 너도 나도 벌을 받지 않기 위해 꺼내는 개소리에 지나지 않는다. 그럴 수는 없다.

"그럴 수는 없……."

"먼저 가 보겠습니다."

양아영이 억지로 내 머리통을 붙잡고 숙이게 한 다음 밖으로 나왔다. 하려던 말이 아직 끝나지 않았지만 나는 순순히 양아영에게 끌려 나온다.

"갑자기 왜 그래? 정말 뭔 일 있었어?"

시민스포츠센터로 걸어가며 양아영이 물었다.

나는 완전히 지쳐 있다. 뭐라고 대꾸하는 것조차 힘겨웠다. 그래서 그냥 걷기만 했다. 뭔가 더 물어보려던 양아영은 생각을 바꿨는지 "알았어. 하지만 나중에 제대로 설명해 줘야 해." 하고 말했다. 나는 나중에 제대로 설명해 줄 생각도 없으면서 "그래." 하고 대답한다. 멍청한 양아영은 내 거짓말을 굳게 믿었다.

09
세상이 온통 싸우는 놈들 천지

이번 겨울은 아주 추울 거라는 예보가 나왔다. 삼십 년 만의 혹한이라는 평이다. 작년에도, 재작년에도 그런 소리가 있었다. 그러니 정확히 말하려면 삼십삼 년 만의 혹한이라고 해야 한다. 매년 이렇게 기록을 갱신해 가다 보면 어느 순간 내일 해 뜨듯이 빙하기가 올지도 모른다. 그러면 내가 입고 다니는 부실한 학생 코트는 몸에 걸치는 것보다 찢어서 태우는 게 더 도움이 되겠지.

언제나 후덥지근한 열기로 덮여 있는 체육관 안에도 혹한이 들이닥쳤다. 그 원인이 산이 누나의 시합 내용에 있다는 건 어렵지 않게 짐작할 수 있다. 아직도 그 버릇 못 고쳤어? 차라리 시멘트 바닥에 들이받아. 뭐하러 힘들게 권투하고 그래? 주 관장이 말했다. 산이 누나는 어쨌든 이겼으니 상관 말라는 식이었다. 한 달 일정으로 진행되는 경기는 이제 반을 지나고 있었다. 산이 누나는 두 번 시합을 했고 두 번 다 이겼다. 경기가 계속 진행 중이었으므로 주 관장은 마지못해 끌려 나온 사람처럼 못마땅한 표정으로 링 사이드를 지켰다. 그러나 산이 누나와는 서로 한마디도 주고받지 않는다.

산이 누나의 시합을 직접 눈으로 본 입장에서 말을 하자면, 주 관장의 표현이 적절한 것 같다. 이건 좀 드문 일이다. 내가 주 관장의 편을 들다니. 하지만 같이 관람했던 양아영도 나와 비슷한 느낌을 받은 걸 보면 아마 누나의 시합을 본 대부분의 사람들이 똑같은 생각을 했을 거다.

산이 누나는 저돌적이었고, 매서웠고, 처절했다. 누나의 시합을 기다리며 다른 사람들의 시합을 여러 개 봤지만 누구도 누나처럼 권투를 하지는 않았다.

"알아서 정리하고 가라. 먼저 간다."

내가 할 훈련이 끝나고 주 관장이 열쇠를 던졌다. 산이 누나의 시합이 시작된 후로는 일찍 집에 가면서 늘 나에게 뒷정리를 맡긴다. 누나의 트레이닝 시간은 나보다 길기 때문에, 대부분의 경우 나는 받은 열쇠를 그대로 누나에게 건네고 집으로 돌아갔다. 주 관장이 누나와 말을 하지 않으니 어쩔 수 없었다.

"키 주고 들어가서 쉬어. 수고했어."

로드워크를 마치고 들어와서 링 위에 앉아 잠시 쉬고 있던 산이 누나는 여느 때처럼 손바닥을 내밀며 작별 인사를 했다. 나는 열쇠를 손에 쥔 채로 누나의 옆에 앉았다.

"관장님이랑 화해 안 할 거야?"

글러브에 묻은 먼지를 마른걸레로 닦아 내며 내가 물었다. 산이 누나는 열쇠를 받기 위해 내밀었던 손을 내리고 물끄러미 나를 쳐다본다.

"쪼그만 게 어른스러운 척을 하시겠다?"

"사이에 낀 사람 생각도 좀 해. 숨 막힌다고."

"나한테 말해 봤자 소용없어. 찬영 오빠가 혼자 그러는 건데 뭐."

산이 누나가 말했다. 나는 고개를 끄덕인다. 누나의 말에 동의해서 그런 게 아니라 그냥 뭐라고 대답하면 좋을지 몰라서 끄덕였다. 병원에 있을 때 누나가 나만큼 많이 맞는 사람도 없다고 했는데 그게 문자 그대로의 의미일 줄은 몰랐다.

링 위에서의 누나는 제대로 가드도 올리지 않고 막무가내로 달려들어서 주먹을 내질렀다. 잘 훈련된 잽과 스트레이트 자세가 아니었으면 길거리 막싸움이라고 봐도 좋을 지경이었다. 상대가 냉정하게 대처했으면 움직이는 샌드백을 후려치듯 쉽게 타격을 줘서 이겼을 거다. 산이 누나는 당황하는 상대가 뻗는 주먹에 얼굴을 들이밀면서 정확하게 일격을 꽂아 넣었다. 좋게 말하면 크로스 카운터로, 나쁘게 말하면 럭키 펀치로 두 번을 이긴 것이다.

첫 번째 시합 후 찾아간 대기실 안에서 주 관장은 이 철딱서니 없는 년, 하고 욕을 했다. 그 전까지 주 관장이 욕을 하는 건 들어 본 적이 없었다. 입술이 터지고 눈두덩이가 부어올라 꼴이 말이 아니었던 누나는 고집스럽게 허리를 펴고 불편해 보이는 선수 대기용 의자 위에 앉아 있었다. 이겼다는 기쁨도 뭣도 없이, 돌처럼 굳은 표정으로.

"그렇게 안 할 수 있잖아."

내가 말했다. 닦아 놓은 글러브를 가져가 정리하던 산이 누나는 힐끗 내 얼굴을 본다.

"관장님 말이 맞아. 누나가 하는 건 권투가 아니야."

"어쭈? 그럼 내가 하는 게 뭔데?"

산이 누나가 장난스러운 투로 묻는다. 주 관장은 죽으려고 환장한 짓, 이라고 표현했다. 나는 다른 적당한 어휘를 찾는다.

"자기 학대."

"야, 너무했다."

산이 누나가 웃음을 터뜨린다. 나는 농담으로 꺼낸 말이 아니었기 때문에 웃지 않는다.

"너무하지 않아. 너무한 건 누나지. 관장님이 누나 좋아하는 거 몰라? 자기가 좋아하는 사람이 눈앞에서 일부러 두들겨 맞는 걸 보면 기분이 어떻겠어?"

"찬영 오빠가 날 좋아해?"

산이 누나가 전혀 모르겠다는 표정을 지으며 묻는다. 찬영 오빠가 날 좋아하냐고? 나는 기가 차서 말문이 막혔다. 누나에게 화가 나기 전까지 주 관장은 기회가 있을 때마다 열심히 자기 마음을 표현했다. 예쁜 우리 오산이가 인생의 슬로건이고 내 사랑 오산이가 평생의 목표인 사람이다.

"그러지 마, 누나. 관장님이 뒤에서 몰래 바라보는 스타일도 아니고 대놓고 맨날 오산이, 오산이, 하는데 그걸 모른다는 게 말이 돼?"

산이 누나는 멀리 허공을 바라보며 생각에 잠긴다. 정말 몰랐던 건 아니겠지. 나는 괜히 다른 사람이 공들여 쌓아 올린 연애 사업에 끼어든 게 아닌가 싶어 조마조마하다.

"가자."

한참을 앉아 있던 산이 누나가 자리를 털고 일어서며 말했다. 나는 "트레이닝 마저 안 해?" 하고 물으면서 누나를 따라 일어선다.

"하루 정도는 대충 해도 돼. 어차피 내가 하는 건 권투도 아닌데 어때?"

산이 누나는 별 뜻 없이 농담 삼아 말한 투였지만 나는 어쩐지 미안한 마음이 들었다. 그러나 사과를 하지는 않는다. 누나가 계속 그런 말도 안 되는 시합을 이어 간다면 언젠가 큰일이 날 게 분명하다. 그런 일이 벌어지기 전에 나서서 말려야 했다. 주 관장은 탐탁지 않아 하면서도 이번 경기까지는 못 이기는 척 넘어가 줄 심산인 듯했다. 내가 보기에는 지금이라도 당장 다음 시합을 포기하거나 무모하게 내지르는 행동을 그만둬야 한다.

산이 누나와 나는 익숙한 손으로 금방 체육관 정리를 끝낸다. 밖으로 나와 문을 잠그면서 누나가 "잠깐 가 볼 곳이 있는데, 좀 멀어. 시간 어때?" 하고 물었다. 어차피 집에서 따로 하는 일이 있는 것도 아니었기 때문에 나는 "괜찮아." 하면서 누나와 같이 걷는다.

버스를 타고 오십여 분 동안 여러 정류장을 지났다. 산이 누나는 가끔 실없는 농담을 던지거나 학교에 대해 물어보거나 했을 뿐 어디로 가는지는 말해 주지 않았다. 흔들리는 차 안에서 누나와 조곤조곤 이야기를 나누다가 문득 나는 내가 체육관에서 지내는 날들을 그렇게 나쁘지 않게 여긴다는 걸, 아니 생각보다 많이 좋아하고 있다는 걸 깨달았다.

"여기서 내리자."

인적이 뜸한 시의 외곽에 버스가 들어서자 누나가 벨을 누르며 말했다. 산이 누나를 따라 버스에서 내린다. 누나는 복잡하게 엉켜 있는 골목길을 척척 걸어가다가 어느 낡은 건물 앞에 섰다.

"여기는 왜?"

도착한 곳은 규모가 그리 크지 않은 병원이었다. 산이 누나는 별말 없이 안으로 들어갔다. 1층과 2층이 각각 진료실과 치료실이고 3, 4층이 바로 입원실이다. 누나와 나는 구석에 있는 엘리베이터에 타고 4층으로 올라간다.

복도는 밖에서 짐작했던 것보다 넓었다. 따분한 표정으로 TV를 보거나 조곤조곤 대화를 나누는 환자들을 몇 명 지나친다. 산이 누나는 복도 끝으로 걸어가서 명찰이 하나만 박힌 1인실의 문을 열었다. 나는 환자의 이름을 확인하고 산이 누나의 기색을 살핀다. 누나의 얼굴은 평소와 다를 바 없다. 그러나 어쩌면 평소와 전혀 다른 얼굴일 수도 있다.

"나 왔어. 오늘은 혹 하나 달고 왔다. 전에 얘기했지? 체육관에 새로 들어왔다는 애."

산이 누나가 반가운 투로 인사하며 침대 옆으로 향한다. 나는 아무것도 하지 않고 입구에 어색하게 서 있다. 내가 잠깐 입원해 있던 1인실보다는 작았는데 구조는 비슷했다. 침상과 소파, 그리고 가습기와 큼직한 냉장고.

나는 익숙한 풍경이지만 동시에 익숙하지 않은, 묘한 위화감을 느낀다. 사람이 들어와 입원 생활을 하면 아무리 깨끗하게 정리해 놓은 침상이라도 금방 더러워진다. 그런데 이곳은 먼지 한 톨 내려앉은 곳 없이 깨끗하다.

"와서 인사해. 멀뚱하게 서 있지 말고."

나는 산이 누나가 시키는 대로 "안녕하세요." 하고 인사하며 앞으로 걸음을 뗀다. 침대 위에 누워 있는 사람이 내 말을 들었을 것 같지는 않다.

주아이. 침대 끄트머리에 붙어 있는 표에 내가 쓰는 글러브의 주인 이름이 적혀 있다. 이 사람이 아이구나. 나는 투명한 산소마스크를 쓰고 잠이 든 것처럼 편안하게 눈을 감고 있는 여자의 얼굴을 본다. 신경질적으로 죽 그어진 얇은 눈썹이 드센 인상이지만, 그것만 빼면 어디를 가도 눈에 띄지 않을 것 같은 평범한 얼굴이다. 처음 보는 사람이 분명한데도 어디선가 이런 얼굴을 본 적이 있다는 느낌을 받는다.

"내가 저번에 대회 나간다는 이야기 했지? 이제 준결승이야. 준결승, 결승, 이렇게 두 경기만 잡으면 돼. 방이 좀 답답하지 않아? 창문 열까?"

산이 누나는 커튼을 걷고 창문을 살짝 연다. 밖에서 들어오는 바람이 으슬으슬 목 뒤를 스쳐 지나갔다. 누나는 환자의 옆에 앉아 이런저런 이야기를 했다. 특별한 내용 없이 친구들끼리 나눌 법한 이야기였다. 다만 차이가 있다면 한쪽에서만 계속해서 말을 거는 일방적인 대화였다는 점이다.

십 분, 이십 분, 시간이 흐른다. 산이 누나가 쏟아 내는 이야기를 듣고 있어서 많이 지루하지는 않았다. 누나는 슬슬 이야깃거리가 떨어졌는지 자리에서 일어나 사물함의 비밀번호를 누르고 두꺼운 책을 한 권 꺼내 들었다. 포스트잇으로 표시가 되어 있는 걸 보면 전부터 읽고 있는 책인 듯했다.

산이 누나가 표시된 부분부터 소리 내어 책을 읽는다. 딱히 책에 호감을 가져 본 적이 없는 나는 일어서서 사물함 위에 놓인 물건들을 살폈다.

엎어진 액자, 곱게 포개진 뜯지 않은 편지들이나 받침대 위에 전시된 메달이 눈에 띄었다. 편지는 산이 누나나 주 관장, 그리고 그 밖의 내가 모르는 사람들이 보낸 거였다. 아마도 받는 사람이 일어나서 직접 볼 때까지는 이렇게 올려놓자고 정한 것 같다. 메달은 대충 봐도 철제에 도금한 게 티가 나는 싸구려였는데 표면에 중등부 페더급 준우승, 이라는 글귀와 함께 권투 글러브가 그려져 있다.

나는 조심스레 손을 뻗어서 사물함 구석에 엎어져 있는 액자를 도로 세웠다. 액자 안에는 주 관장과 환자가 바짝 붙어서 찍은 사진이 들어 있다.

"그거, 오빠가 오면 맨날 그렇게 엎어 놔. 보기 좋은데 왜 그럴까 몰라."

책을 읽어 주던 산이 누나가 불쑥 끼어들었다. 나는 액자를 잘 보이는 곳에 두고 "관장님 동생이지?" 하고 묻는다. 주아이, 주찬영. 두 사람은 확실히 닮은 구석이 있다.

"맞아. 슬슬 나갈까?"

나는 고개를 끄덕이고 산이 누나가 연 창문을 도로 닫은 뒤 커튼을 치고 바깥으로 나온다.

산이 누나는 자판기에서 커피를 두 잔 뽑고 복도 중간에 있는 휴게실로 걸어와서 나와 마주 앉았다.

"좀 지겨웠지?"

뽑아 온 커피를 건네며 산이 누나가 물었다. 나는 "괜찮았어. 누나도 알겠지만 내가 병원 경력이 풍부하잖아." 하고 재미없는 농담을 한다.

"아이가 저렇게 된 게 벌써 삼 년 전이야. 이상하지? 보기에는 잠을 자고 있는 것처럼 멀쩡한데."

산이 누나가 말했다. 주아이. 주 관장의 동생이고, 산이 누나의 친구였던 사람. 나는 누나가 준 자판기 커피를 한 모금 들이켜고는 "사고였어?" 하고 물었다. 산이 누나는 탁자 귀퉁이에 시선을 던지고 생각에 잠긴다.

"너네 학교에도 일진이니 뭐니 하는 애들 있니?"

누나가 묻는다. 이유 없이 다른 애들을 괴롭히면서 우월감을 느끼는 깡패 새끼들. 나는 고개를 끄덕였다. 초등학교에도, 중학교에도, 지금 다니는 고등학교에도, 그런 양아치 집단은 언제나 있어 왔다.

산이 누나는 얼굴 위로 떨어진 머리카락을 귀 뒤쪽으로 쓸어

넘기고 말을 이었다.

"넌 나를 어떻게 보고 있을지 모르겠지만, 네 나이 때의 나는 아주 소심한 애였어. 남들 앞에서 말도 잘 못 했고. 공부나 운동을 썩 잘하는 것도 아니었지."

나는 입술을 쭉 당기며 장난스럽게 웃었다. 산이 누나가 손을 뻗어서 내 머리에 가볍게 꿀밤을 한 대 날린다.

"까불지 말고. 아무튼 아이는 나랑 달랐어. 공부도 잘했지만 운동을 특히 잘해서 체육 시간마다 반짝반짝 빛이 났지. 아이한테 몰래 팬레터를 전달하거나 갑작스럽게 사랑한다고 고백하는 애들이 많았어. 남녀공학에도 그런 일 자주 있지?"

"어? 누나 여고 나왔어?"

"뭐, 그건 넘어가고."

나는 더 자세하게 물어보고 싶은 욕구를 참는다.

"나도 아이를 좋아했어. 아이는 나라는 애가 있다는 것조차 모르는 눈치였지만, 그래도 멀리서 좋아할 수는 있잖아? 그런데 시험을 앞두고 아이가 먼저 나한테 말을 걸더라고. 너 수학 되게 잘한다면서? 하고. 내가 다른 과목은 몰라도 수학만큼은 정말 잘했거든. 예상 문제 뽑는 것도 자신 있었고. 내가 열심히 가르쳐 주니까 아이가 그랬어. 선생님보다 니가 훨씬 낫다고. 그렇게 우리는 친구가 됐어."

나는 두 사람이 멀리서부터 끌리는 자석처럼 천천히 거리를 좁히다가 순식간에 가까워지는 과정을 어렵지 않게 상상할 수 있었다. 서찬희와 내가 그랬으니까.

"근데 그게 다른 애들한테는 아니꼽게 보였나 봐. 나는 아이랑 친구가 되어서 정말 기뻤지만, 동시에 너무 힘들었어. 은근히 날 따돌리며 괴롭히는 아이들을 상대해야 했으니까."

인기 있는 친구의 옆을 지키는 사람과 그를 시기하는 다른 사람들. 나는 서찬희를 생각한다. 서찬희에게는 그런 이유조차 없었다. 바보 같은 새끼. 무슨 짓을 당해도 웃으면서 그럴 수 있어, 하고 넘어가던 착해 빠진 새끼.

"내가 반에서 따돌림당하는 애로 찍히니까 딱히 나한테 감정이 없던 일진들도 슬슬 꼬이더라고. 반에서 논다는 애들은 다 아이랑 사이가 별로 좋지 않았으니, 아이 친구인 날 괴롭히는 것도 즐거웠겠지. 여자애들이 마음만 먹으면 얼마나 악랄해질 수 있는지 모르지?"

"글쎄."

나는 애매하게 대답한다. 여자든 남자든 나이가 많든 적든 똑똑하든 멍청하든 사람은 언제나 스스로 예상하는 것보다 더 악랄해질 수 있다. 나는 학교에서 그런 예를 수도 없이 보았다. 안승범 패거리. 소각장에서 본 운동부. 교실 안에서 벌어지는 폭력을 대수롭지 않게 눈감아 주던 대독이나 은근히 즐기던 강준혁. 그리고 아예 관여하지 않으려던 양아영과 우리 담임 같은 사람까지.

산이 누나는 계속 말했다.

"아이는 날 지켜 주려고 했어. 물론 잘되지는 않았지. 교실은 온갖 지저분한 감정들이 오가는 전쟁터야. 자기 한 몸 챙기기도 버거운데, 아무리 아이가 인기가 많고 강하다고 해도 얼마나 힘을 쓸 수 있겠어? 어느 순간부터 나는 아이를 원망하고 있었어. 그러면 안 된다는 걸 알면서도 어쩔 수가 없더라."

나는 묵묵히 누나의 말을 듣고 있다.

"아이가 나 때문에 노는 애들이랑 부딪치는 일이 많아지면서, 점점 따돌림의 대상이 옮겨 간다는 느낌을 받았어. 시비를 걸어오면 아이는 굴하지 않고 싸웠어. 찬영 오빠를 따라 어릴 적부터 권투를 했으니 신체적으로 밀리는 일은 없었을 거야. 아이한테 당한 애들은 아는 언니들을 통해서 아이를 손봐 주겠다고 단단히 벼르고 있었어."

"그래서?"

"그즈음에 일진 애들이 날 괴롭히는 정도가 약해지더라고. 아니, 오히려 잘해 줬다고 해야 하나. 나는 아이와 멀어진 만큼 날 괴롭히던 애들과 친해졌다고 생각했어. 잘나가는 패거리랑 친구가 되었다고 얼마쯤은 우쭐한 마음도 있었지. 그렇게 한심한 애였어, 난."

산이 누나는 길게 숨을 토해 내며 웃었다.

"아이가 다니는 체육관의 위치는 내가 잘 알고 있었어. 한 번도 가 본 적은 없지만 아이가 말해 준 적이 있었거든. 언제든 배우고 싶으면 오라면서. 일진 애들이 체육관이 어디냐고 물었을 때, 나는 그저 걔들이 알고 싶어 하는 걸 내가 알려 줄 수 있다는 게 기뻐서 바로 말해 줬어. 친절하게 약도까지 그려 가면서. 아이는 체육관으로 들어서는 골목에서 언니들이 데리고 간 남자들이랑 마주쳤고, 쓰러질 때까지 싸웠어."

나는 아무 말도 하지 않는다. 산이 누나는 홀가분한 듯 기지개를 켜고 일어나 휴게실 벽에 있는 창문 밖을 바라보았다.

"나 때문이야. 아이가 그렇게 된 건. 이제 말해 봐. 아직도 넌 찬영 오빠가 날 좋아한다고 생각해?"

"나는……."

나는 뭐? 뭐라고 말하면 좋을지 모르겠다. 산이 누나는 대답을 기다리지 않고 다 마신 종이컵을 쓰레기통에 던져 넣은 뒤 "돌아가자."면서 엘리베이터로 걸어간다. 나는 급하게 남은 커피를 들이켜고 누나를 따라 움직였다.

"오늘 들은 이야기, 알고만 있어. 그리고 다시 꺼내지 말자."

엘리베이터 버튼을 누르고 산이 누나가 말했다. 나는 고개를 끄덕이려다가 무심코 이렇게 묻는다.

"지금은 꺼내도 돼?"

"뭘?"

"그냥, 들은 거에 대한 생각."

"말해 봐."

그러나 나는 엘리베이터에 올라 1층으로 내려올 때까지 아무 말도 꺼내지 못한다. 병원의 입구를 지나 밖으로 나오자 차가운 바람이 매섭게 몰아닥쳤다. 나는 코트의 깃을 세우고 벌써 저만치 앞서 가는 누나를 잰걸음으로 따라붙는다.

"때려 주고 싶은 애가 있다고 했어."

이런 말을 하려고 했던 게 아닌데, 나도 모르게 말이 튀어나왔다. 산이 누나는 걸음을 멈추고 내 쪽으로 돌아선다. 나는 추위 때문에 얼어붙어서 잘 떨어지지 않는 입을 힘겹게 뗀다.

"병원에서 내가 누나한테 물어봤잖아. 권투 왜 배우냐고. 그러니까 누나가 그랬지. 때려 주고 싶은 애가 있어서 시작했다고. 누나는 처음부터 그럴 생각으로 체육관에 들어온 거야?"

"어떤 생각?"

"누나를 때려 주고 싶어서 들어온 거냐고."

산이 누나는 놀란 표정으로 나를 봤다. 나도 누나를 마주 본다. 고작 세 살 차이인데도 나에게는 까마득히 먼, 어른스러운 사람이었다. 너 혼자만 아프게 사는 게 아니다. 주 관장은 말했다. 안 그런 거 같아 보여도, 사람들이 다 그렇게 사는 거야. 나도 알고 있었다. 하지만 지금껏 남의 아픔까지 신경 써야 할 여유가 없었다.

"누나 이야기를 들으면서 내가 무슨 생각을 했는지 알아? 누나는 여전히 내가 아는 사람 중에 세 번째로 강한 사람이란 거야. 도대체 누가 그런 상황에서 누나처럼 스스로에게 책임을 물을 생각을 하겠어?"

"또 어른스러운 척."

산이 누나가 말했다. 나는 꿀밤을 날리려는 누나의 주먹을 피해 몸을 뒤로 빼면서 말을 이었다.

"그러니까 나는 누나가 바보 같은 짓은 그만둬야 한다고 생각해. 누난 강한 사람이잖아."

"강하다는 게 뭔데?"

누나가 묻는다. 지난번에도 똑같은 질문을 들었다. 그때는 그냥 넘어갔지만, 이번에도 그러고 싶지는 않다.

"그건 비겁해지지 않는 거야."

내가 말했다.

"강하다는 건 비겁해지지 않는 거야."

산이 누나는 내가 기대했던 것처럼 내 대답에 공감을 표하며 감탄하거나 고마워하지 않았다. 그냥 성큼 다가와서 기어코 내게 꿀밤을 날렸을 뿐이다.

학교에서는 별일 없었다. 지난번에 대독에게 대든 이후로 나는 잔뜩 긴장해서 일이 터지기만을 기다리고 있었다. 그런데 아무도 나를 건드리지 않았다. 선생들은 대독한테 무슨 말을 들은 건지 무너지기 직전의 벽을 피하듯 이쪽을 외면했다. 안승범은 변함없이 나를 투명인간 취급했고, 가끔 마주치는 안승범 패거리도 뭐라고 수군거리기만 할 뿐 직접 무슨 행동을 하지는 않았다.

기말고사 준비로 바쁜 때였다. 교실 안은 평소와 달리 쉬는 시간에도 책을 펴 놓고 시험공부를 하는 아이들로 가득했다. 양아영은 공부하느라 바쁜지 시민스포츠센터에 다녀온 후로는 나에게 거의 말을 걸지 않았다. 내가 먼저 다가가는 일은 없었으니 이제 대화가 없는 거나 마찬가지였다. 사람 귀찮게 들쑤실 때는 언제고 갑자기 이렇게 나온다 이거지? 하루 종일 교실의 누구하고도 대화하지 않고 지내는 걸 간절히 바라 왔는데 막상 이렇게 되니까 기분이 좋지만은 않다.

나는 혼자 공부하고 혼자 밥을 먹고 혼자 집으로 왔다. 체육관에서도 냉랭한 기운이 돌기는 마찬가지였다. 주 관장은 필요한 만큼의 말만 잘라서 했고 산이 누나는 트레이닝에만 신경을 쏟았다. 준결승까지는 전의 두 경기와 마찬가지로 일주일의 여유가 주어진다. 마침 기말고사도 딱 일주일 남은 시점이었다. 그 일주일이 마치 비닐이 썩어 없어지는 과정을 지켜보듯 더디게 흘러갔다.

간간이 교문 앞에서 서찬희의 아버지를 보는 일이 있었다. 시위용 팻말에 붙은 사진 속의 서찬희는 뭐가 그렇게 즐거운지 환하게 웃고 있다. 나는 서찬희가 학교에서 저렇게 웃는 걸 본 적이 없다. 아마도, 안승범 패거리가 빼앗아 간 서찬희의 수많은 모습 중에 하나일 거다. 그런 생각을 하면 우울해졌다. 꾸준히 몸을 단련한 덕분에 체력은 점점 붙고 있었지만 신체적인 변화가 피폐한 기분을 낫게 해 주지는 못했다.

학교도 체육관도 가기 싫은 날이 많았다. 일주일에 한 번씩 찾아가는 병원에서 나는 충동적으로 다시 한번 전에 있던 입원실에 찾아가기로 마음먹었다. 지난번에는 수 간호사의 예상치 못한 모습에 놀라 그냥 돌아섰다. 그러나 지금 같은 때라면 수 간호사가 어떤 행동을 하더라도 먼저 알은체하며 다가가지 않고서는 못 견딜 거다. 그동안 어떤 식으로든 조금씩 움직이고 있던 내 인생이 갑자기 차갑게 경직된 느낌이 들었다. 누구에게나 앞뒤 가리지 않고 쓸데없는 말을 해 오던 사람이 그립다.

엘리베이터를 타고 간호사들이 있는 스테이션으로 나왔지만 수 간호사는 없었다. 근무 시간이 아니거나 다른 업무를 보기 위해 어디 병실에 가 있거나 할 터였다. 나는 눈에 익은 복도를 지나 박 할아버지가 입원해 있는 병실 앞에 선다.

"안녕하세요."

작은 목소리로 인사하며 안으로 들어간다. 4인실의 침대에는 환자와 간병인이 모두 자리를 지키고 있다. 그러나 눈에 익은 얼굴이 보이지 않았다. 누가 문병 왔나 싶어 고개를 돌리는 사람들의 시선을 하나씩 마주하며 다시 살핀다. 부엉이 부부를 비롯한 다른 사람들이 보이지 않는 건 시간이 꽤 흘렀으니 그렇다 쳐도, 박 할아버지까지 없는 건 의외였다. 병원 앞에 있는 물이 나오지 않는 분수대처럼 별다른 이유 없이 그냥 쭉 거기에 있을 거라고 생각했는데.

밖으로 나와 문에 붙은 명패를 확인한다. 어디에도 박 할아버지의 이름은 없다. 할아버지에게도 마침내 병원 밖으로 나와야만 하는 때가 온 걸까. 그렇다면 잘된 일이다. 나는 퇴원할 때 박 할아버지와 나누었던 악수를 떠올린다. 손가락뼈를 몽땅 부숴 놓을 것처럼 힘주어 잡으며 할아버지가 했던 말도.

"어? 이게 누구야?"

나는 문 앞에서 떨어져 나와 내게 말을 건 상대를 본다. 반가운 기색으로 복도 저편에서 걸어오는 사람은 물론 수 간호사다.

"수 간호사님. 아니, 안영이 누나."

나는 손을 들어서 인사한다. 수 간호사는 "이름으로 부르니까 되게 어색하다. 복학했나 보네?" 하면서 내가 입은 교복에 눈길을 보냈다. 나는 산 지 얼마 되지 않아 아직 빳빳한 교복을 손바닥으로 쓰다듬고 웃었다.

"통원 치료 중이라서요. 언제 한번 들러야지 생각하고 있었어요."

"잘 왔어. 반갑다, 정말. 몸은 괜찮아?"

“쌩쌩하죠. 운동도 꾸준히 하고 있는데요.”

“그래? 기특하네. 아, 여기서 이러지 말고 잠깐 휴게실에 갈까? 마침 좀 한가하니까.”

나는 휴게실에서 수 간호사에게 퇴원 후의 근황을 대충 설명해 주었다. 몸을 튼튼하게 만들고 싶어서 산이 누나가 있는 체육관에 찾아갔다는 거. 학교에는 운 좋게 같은 학년을 유지하며 복학했다는 거. 산이 누나가 대회에서 준결승전을 앞두고 있다는 것도 말해 주었다.

수 간호사는 다들 잘 지내는 것 같아 기쁘다며 연신 고개를 끄덕였다. 엄밀히 말하면 병원을 나가서 잘 지내고 있는 사람은 한 명도 없는 것 같지만, 나는 굳이 그런 말을 꺼내서 분위기를 망치지는 않았다.

“누나는 어때요?”

“난 항상 똑같지. 그래도 내 밑으로 몇 명 들어와서 전처럼 바쁘지는 않아. 이렇게 잡담할 시간도 있고.”

나는 자연스럽게 수 간호사가 서류철로 내리치던, 뒷모습으로만 보고 지나친 간호사를 떠올린다. 한때 내가 전전긍긍하며 지켜본 막내 간호사의 고초가 이제 다른 사람에게 넘어간 것이다. 수 간호사에게는 잘된 일이지만, 모두에게 잘된 일인지는 알 수 없다. 전에 수 간호사를 못살게 굴던 사람들도 모두 그런 막내 간호사의 시절이 있었을까. 나는 입술을 깨물고 생각한다. 누군가 나서서 끊어 놓지 않는 한 영원히 그렇게 돌고 돌 거다.

"박 할아버지는 퇴원하셨나 봐요?"

나는 막내 간호사에 대한 생각을 털어 내고 다른 걸 묻는다. 수 간호사는 고개를 저었다.

"퇴원 안 하셨어."

"그래요? 안 계시던데."

"1인실에 계셔."

"1인실에요? 왜요? 어디 편찮으셔요?"

병원에 입원해 있는 환자에게 어디 편찮으시냐고 묻는 건 좀 웃기는 일이었지만, 박 할아버지에게는 이런 질문이 별로 이상하지 않다. 무슨 사연인지는 몰라도 애초에 입원 생활을 할 필요가 없는 사람이었다.

"원래 자주 병실을 옮기셔. 너 있던 병실에만 유난히 오래 계셨던 거야."

1인실과 4인실은 입원비가 엄청나게 차이 나는데 그런 건 상관없는 모양이다. 나는 새삼스럽게 박 할아버지의 정체가 궁금해졌다.

"그럼 괜찮으신 거네요?"

"꼭 그렇지는 않아. 요즘 많이 적적하신 모양이거든. 한번 가 봐. 좋아하실 거야. 괜히 투덜거리실 수도 있는데 마음에 담아 두지는 말고."

그렇게 말하고 수 간호사는 "자, 그럼 난 스테이션에 있을 테니까." 하면서 일어섰다. 업무 중인 사람과 너무 오래 같이 있는 것도 좋지 않다. 나도 수 간호사를 따라 일어서면서 "이따 갈 때 다시 뵐게요." 하고는 박 할아버지가 있는 병실 쪽으로 걸음을 옮겼다.

박 할아버지는 원래 쓰던 병실에서 몇 걸음 떨어지지 않은 곳에 있었다. 나는 내심 할아버지가 자고 있으면 어떡하나, 고민했는데 그럴 필요가 없었다.

"할아버지, 들어가도 돼요?"

박 할아버지는 누가 오기를 기다리기라도 한 듯 침대에 기대어 앉아 창밖을 보는 중이었다. 나는 조용히 안으로 들어선다. 박 할아버지가 이쪽을 보더니 "이미 들어와 놓고서 뭘 들어가도 되냐고 물어?" 하고 말했다.

"그러네요."

멋쩍게 웃으며 대답한다. 박 할아버지도 빙긋 웃었다. 얼굴에 기분 좋은 주름이 서서히 번진다. 아주 오래전부터 거기에 자리 잡고 있던 것처럼 견고한 주름이었다.

"키가 컸구나."

할아버지가 말했다. 도도새 아줌마도 똑같은 말을 했었다. 나는 "전 잘 모르겠어요." 하고 대답하면서 박 할아버지의 침대 옆 소파에 앉았다. 1인실에는 이런 것도 있다. 간병인용 소파.

내가 자리를 잡고 앉자 박 할아버지는 다시 창밖을 보고 입을 다물었다. 금방 인사를 나눈 것도 잊어버린 듯했다. 나는 당황했지만 소파에 몸을 묻고 할아버지의 무관심을 받아 낸다. 전에도 드물게 말을 꺼내는 사람이었다. 바깥에는 아직 이른 시간이지만 벌써 찾아온 밤이 어둑어둑하게 깔렸다. 할아버지는 도시가 뿜어내는 휘황찬란한 불빛을 말없이 보고 있다.

"어른들 일은 잘 모르지만……. 도도새 아줌마 말인데요. 아, 김삼순 아주머니요. 잘 안 풀리는 거 같아요. 잠깐 저희 집에 왔었거든요."

박 할아버지라면 도도새 아줌마의 사연도 알고 있을 거다. 할아버지는 고개를 돌리고 이쪽을 본다. 나는 괜히 오지랖 넓은 짓을 했나 싶어 말을 끊었다. 이런 건 양아영이 전문인데 왜 내가 이러고 있을까.

"쉽지 않은 일이야."

박 할아버지가 말했다. 작지만 또렷한 목소리였다.

"아줌마가 잘됐으면 좋겠어요. 착하신 분이잖아요."

내가 말했다. 그러자 박 할아버지는 천천히 고개를 저었다.

"아니야."

"뭐가 아니에요?"

할아버지는 대답하지 않는다. 나는 머릿속으로 내가 방금 뱉은 말을 곰곰이 뜯어봤지만 박 할아버지가 부정한 게 어떤 부분인지 딱히 감이 잡히지 않았다.

나는 꽤 오래 생각에 잠겨 있다. 처음에는 박 할아버지의 대답에 대해 생각하다가 도도새 아줌마, 산이 누나, 그리고 양아영이나 안승범에 대해서도 생각하기 시작했다. 달리 할 일이 없어서이기도 했지만 무엇보다 1인실의 소파가 지나치게 편안했다. 이렇게 몸을 떠맡기고 있으면 어느 순간 녹아 없어질 것 같다.

내가 소파에 몸을 부비고 있는 동안 박 할아버지는 잠이 오는지 잠깐 눈을 감았다가 다시 뜨기를 반복했다. 슬슬 나가 줘야 한다는 신호였다. 남의 병실에 괜히 죽치고 앉아 민폐를 끼칠 생각은 없다.

"싸우지 말고 살라는 말, 들어 봤어?"

그러나 내가 막 소파에서 일어서려는 순간, 박 할아버지가 입을 열었다. 나는 엉거주춤하게 선 자세로 "들어 봤어요." 하고 대답했다.

할아버지는 한숨처럼 다음 말을 토해 낸다.

"웃기는 소리야. 싸우지 않고 살 수는 없어."

"그런 거 같아요."

나는 박 할아버지의 말에 동의한다. 할아버지는 웃었다. 다시 그 견고한 주름이 얼굴 전체에 퍼졌다.

"세상이 온통 싸우는 놈들 천지야. 투쟁하는 놈들. 받아야 할 것보다 더 많은 걸 요구하는 놈들. 나는 평생을 그런 놈들과 맞서며 지냈어. 한 놈을 밟으면 두 놈이, 두 놈을 밟으면 세 놈이 튀어나왔지만 나도 만만한 사람은 아니었으니까."

박 할아버지가 말했다. 내가 알기로 박 할아버지는 누군가에게 이렇게 길게 말했던 적이 없다. 그래서 나는 할아버지가 반쯤은 스스로에게 말하고 있다는 걸 알았다. 나는, 적어도 지금은 내가 앉아 있는 소파만큼이나 의미 없는 인물이다.

"밟고 또 밟고, 그래도 이놈들은 어디선가 바퀴벌레처럼 몰려들었어. 부서지고, 깨지고, 넘어지고, 그래도 계속 어디선가 나타나더군. 버르장머리 없는 것들. 학교에서 가르치지 않던? 착하게 살라고. 근데 왜 이것들은 배운 대로 착하게 굴지 않을까. 왜 사회에서 요구하는 대로 양보하고 배려하며 너그럽게 살아가지 않을까."

박 할아버지는 허공을 향해서 말하고 있다. 그러고 있으니까 정말로 거기에 누군가 있는 것만 같은 기분이 들었다.

"그런 건 나 의미 없는 짓이야. 돌멩이로 성벽을 부수자고 달려드는 짓이지. 결국 마지막까지 변하는 건 없어. 나는 무너지지 않았고, 여전히 가진 게 많은 사람이야. 하지만, 아직도 나는 싸우는 놈들이 싫어. 사라졌으면 해. 눈에서 보이지 않았으면 좋겠어."

박 할아버지는 갑작스럽게 말을 쏟아 냈던 것처럼 느닷없이 입을 닫았다. 할아버지가 무슨 이야기를 하려고 했는지 알 것 같은 기분이 든다. 기력을 다 뿜어낸 할아버지는 지친 얼굴로 눈을 감았다. 이제 정말 가야 할 시간이다. 나는 짧은 순간이나마 정이 든 소파에게 마음속으로 작별을 고하고 일어섰다. 박 할아버지가 잠을 자는 것 같아 문을 열기 전에 불을 끈다.

"착하게 살지 말라고 전해 주게."

막 병실 밖으로 나오려는 순간, 박 할아버지의 목소리가 들렸다. 나는 돌아서서 할아버지를 본다. 흐릿한 어둠 속에서 할아버지는 등을 보이고 누워 있다.

"있는 힘껏 부딪쳐."

박 할아버지가 말했다.

"자신을 믿어야 해."

밖으로 나와 병실의 문을 닫는다.

10
벼랑 끝에 몰린 심정이 돼도

기말고사는 재앙처럼 닥쳐왔다. 나는 첫날 본 시험을 모두 망쳤다. 구멍 뚫린 낙하산을 타고 추락하는 기분이었다. 답안지는 마지막 날 한꺼번에 공개된다고 해서 시험이 끝나고도 반 아이들은 서로의 답을 비교하며 맞춰 보느라 정신없었다.

나는 당장이라도 찢어발기고 싶은 시험지를 가방에 집어넣는다. 안에는 오늘 본 과목들의 교과서와 유인물, 그리고 양아영이 준 노트가 들어 있다. 시험을 망치기는 했지만 양아영의 노트가 부실한 탓은 아니었다. 이게 없었다면 결과는 더 참담했을 거다.

양아영은 시험이 끝나자마자 책을 꺼내서 미심쩍은 몇 개의 답을 확인해 보더니, 의기양양한 표정으로 가방을 챙겨 일어섰다. 고통스럽게 길었던 지난 삼 주간 우리는 별로 이야기를 나누지 못했다. 최근 일주일 동안은 아예 대화조차 없었다. 나는 몇 번이나 양아영에게 말을 걸고 싶은 충동에 사로잡혔다. 하지만 도대체 뭐라고 해야 좋을지 알 수 없었다. 그동안 양아영은 온갖 빌어먹을 화제들을 끌어와서 나와 대화를 시도했는데, 막상 내가 그렇게 하려고 보니까 보통 일이 아니었다. 무슨 이야기를 해? 날씨?

"코트 얇아 보이는데 안 추워? 날씨 엄청 쌀쌀해졌잖아."

내가 말한 게 아니다. 집에 갈 준비를 끝내 놓고 멍하니 앉아 얼간이 같은 나에게 속으로 온갖 욕설을 퍼붓고 있는데, 뜻밖에도 양아영이 먼저 말을 걸어왔다. 자그마치 일 주 만이다. 사흘로 예정된 시험 기간의 하루를 보냈으니 이제 조금 여유가 생겼다 이건가? 나는 반가운 티를 내지 않기 위해 일부러 얼굴을 찌푸리며 "무슨 상관이야." 하고 투덜거린다.

"시험 어땠어? 중간고사보다 쉽던데. 아, 넌 중간고사 안 봐서 모르겠구나."

"양아영. 넌 다 나쁜데 그중에서도 잘난 척하는 게 제일 나빠."

"왜, 어려웠어? 열심히 공부했잖아. 나랑 답 맞춰 볼까?"

"됐어. 안 궁금해."

나는 가방을 다 싸맸는데도 일어서지 않고 있다. 오늘은 체육관에서 트레이닝을 할 필요가 없다. 대신 산이 누나의 준결승 경기를 보러 시민스포츠센터에 간다. 한두 시간 정도 여유가 있으니 이렇게 양아영과 노닥거리다 나가는 것도 괜찮지 않을까 싶다. 절대로 양아영과 같이 있고 싶어서 그러는 건 아니고.

"산이 언니는 어때?"

양아영이 불쑥 묻는다.

"뭐가 어떠냐는 거야?"

"그날, 언니 몸 상태 많이 안 좋았잖아. 산이 언니 시합 보고 내가 얼마나 놀랐는지 알아?"

안다. 나도 양아영만큼 놀랐으니까. 나는 여느 때처럼 양아영과 나에게 집중되는 시선이 부담스러워 자리에서 일어서며 말했다.

"나가면서 얘기하자. 아니면 오늘 남아서 공부할 거야?"

"아냐, 집에 가야지."

양아영과 함께 밖으로 나온다.

"겉으로 보이는 것보다 배는 튼튼한 사람이라 괜찮을 거야. 일주일간 충분히 쉬면서 데미지 케어도 했고."

복도를 걸어가며 양아영에게 말한다.

"언니는……," 하고 양아영은 어떻게 표현하면 좋을지 모르겠다는 듯 뜸을 들이다가 "왜 그렇게 필사적이야?" 하고 물었다.

"누구든 그러고 싶어질 때가 있는 거야."

사정을 자세하게 말해 줄 수 없으니 대충 얼버무린다. 양아영은 뭔가 골똘히 생각에 잠긴 표정을 짓는다.

"누구든 그러고 싶어질 때가 있다. 너도 그래?"

양아영이 물었다. 나는 어깨를 으쓱해 보이며 "나야 항상 그렇지." 하고 대답한다. 산이 누나에게는 이러쿵저러쿵 떠들었지만, 나 역시 네 체급 위의 운동부와 요란하게 싸워 볼 생각을 하고 있으니 크게 다를 바 없다.

교문 앞을 지나며 양아영에게 오늘이 산이 누나가 준결승전을 치르는 날이라고 알려 줬다. 시험 준비로 바빠 보이던 양아영은 얼추 알고는 있었지만 보러 갈 엄두가 나지 않아 잊고 있었다고 말했다. 그럼 나랑 같이 보러 갈래? 대수롭지 않은 듯 무심한 투로, 그렇게 묻고 싶었는데 차마 입이 떨어지지 않는다.

"참, 오늘 학생 식당 연대. 남아서 자율학습할 사람은 가서 점심 먹어도 된다 그랬어. 어때? 자율학습 안 해도 그냥 가서 먹으면 될 거 같은데."

"학교 밥은 마지못해 먹는 거지 왜 찾아서 먹으려고 드냐?"

나는 반사적으로 양아영의 제의를 거절한다. 집에 들르지 않고 곧바로 시민스포츠센터에 갈 작정이었기 때문에 말하면서 후회스러웠다. 딱히 점심을 챙겨 먹을 곳이 있는 것도 아니었으니까. 한 번 더 물어보면 못 이기는 척 그럼 그럴까, 대답할 생각이었다. 그러나 더럽게 눈치 없는 양아영은 "그래? 그럼 어쩔 수 없지." 하고는 입을 굳게 닫았다.

정류장 앞에 도착한 나는 양아영이 탈 버스가 올 때까지 기다린다. 양아영이 몇 번을 타고 가는지도 모르면서. 어쨌든 시간은 많다. 굳이 먼저 버스에 올라 양아영을 뒤로하고 싶지 않았다. 이런 말도 안 되는 마음은 대체 어디에서 온 걸까. 나는 정류장에서 있는 양아영의 옆모습을 바라보았다.

"넌 가끔 이상한 표정을 지어."

양아영이 혼잣말처럼 입을 연다. 나는 괜히 화들짝 놀라서 "어, 그래?" 하고 바보 같은 소리를 뱉는다.

"그날, 네가 달려가서 찬희를 끌어안던 날부터 그랬어. 찬희의 마지막 말을 들어 줬지. 아무도 나서서 할 수 없었던 일이야. 조금은 자랑스럽게 여겨도 돼. 그런데 어째서 그렇게 아파할까? 자꾸 생각이 나."

양아영이 말했다.

"무슨 일이 있었어?"

나는 양아영의 얼굴을 본다. 양아영은 이번에야말로 제대로 된 대답을 들어야겠다는 기색이다. 너밖에 없어. 서찬희가 말했다. 나는 손바닥으로 얼굴을 한번 훑고 길게 숨을 쉬었다. 무슨 일이 있었냐고? 오히려 양아영에게 묻고 싶다. 너한테는 무슨 일이 있었냐고.

"서찬희는 안승범 패거리에게 따돌림당하고 있었어."

나는 오랫동안 양아영에게 묻고 싶었던 질문을 던지기 위해 입을 열었다.

"걔들은 서찬희를 매일 집요하게, 꾸준히 괴롭혔어. 서찬희가 쉬는 시간에 스파링하던 거 기억해? 장난친다고 다들 웃으면서 노는 분위기였지만, 서찬희는 아니었잖아. 정말 몰랐어? 아니면 알고 있으면서 모르는 척했던 거야?"

양아영은 물끄러미 나를 본다. 하지만 정말로 나를 보고 있는 건 아니었다. 나도 양아영도 서로를 쳐다보며 어두컴컴한 생각에 잠겨 있다. 먼저 고개를 돌린 건 나다. 나는 벌써 세 대째 지나치고 있는 시민스포츠센터행 버스를 눈으로 좇는다.

"너도 담임이랑 똑같아. 예쁘고 친절해서 다들 좋다고 추켜세워 주는데, 너는 아무에게도 신경 쓰지 않아. 서찬희가 어떻게 되든 상관없었지? 넌 누가 어떻게 되든 상관하지 않는 애잖아."

내가 말했다. 심한 소리였다. 양아영은 화가 났는지 한참 동안 말을 하지 않았다. 나는 양아영을 볼 엄두가 나지 않아 도로 저편을 쏘아본다.

"따돌림이라면 나도 당하고 있어."

잠시 뒤에 양아영이 말했다. 양아영의 음성이 의미가 되어 뇌리에 새겨지기까지는 평소보다 긴 시간이 필요했다.

"뭐?"

다시 본 양아영은 눈물이 가득 고인 눈으로 이쪽을 똑바로 찔렀다.

"너 정말 바보 같다. 멍청하고. 교실에 있는 여자애들, 아무도 나 좋아하지 않아. 나대고 잘난 척하고 재수 없다고. 안 좋은 소문도 돌았어. 겉으로는 모범생인 척하면서 뒤로 호박씨 깐다나. 몰래 술 마시고 담배 피우고 돈 많은 아저씨랑 모텔 가서 용돈 벌이한다고. 걸레 같은 년이라고. 그런 말 못 들어 봤어?"

나는 고개를 저었다. 생소한 이야기였다. 여자애들하고는 그저 오가며 인사나 하는 정도였지 길게 말해 본 적이 없다. 그나마도 복학한 뒤에는 대화 한마디 나눠 보지 못했다.

"내 뒤에서 욕하고 다니는 애들, 막상 마주하면 다들 웃으며 친한 척해. 그래서 나도 그냥 모르는 척, 별일 없는 척하지. 왜 내가 이래야 하는지, 왜 내가 이런 대접을 받아야 하는지 억울해서 미칠 것 같은데, 아무 말도 할 수 없어. 겉으로 보기에는 정말 별문제 없으니까."

양아영이 말하고 있는 건 서찬희가 당하고 있던 것과 다른, 보다 은밀한 방식의 따돌림이었다. 그동안 나는 온통 서찬희에게만 신경을 기울이고 있어서 교실에 이런 일이 벌어지고 있을 거라고는 생각조차 하지 못했다.

"엄마는 아들 챙기기 바빠서 내 일에는 관심도 없어. 그저 참으라고, 독하게 공부해서 성공하면 그게 진짜 이기는 거라고, 그런 소리나 하지. 근데 그게 아니잖아. 어떻게 눈앞의 부당한 대우를 미래의 불확실한 성공으로 덮을 수 있어? 바로 지금, 여기, 내가 이렇게 괴로운데."

양아영의 눈가에 맺힌 눈물이 기어코 굴러떨어진다. 나는 덜컥 겁이 났다. 여자애가 눈앞에서 울기 시작하면 도대체 뭘 어떻게 해야 하는지 알 수가 없다.

"선생님들한테도 말해 봤어. 따돌림 주도하는 애들이랑 함께 불려 가서 면담도 했어. 친하게 지내라고. 그럼 걔들이 그래. 이미 친하게 지내고 있는데 왜 그러세요. 얘가 뭘 오해하고 있는 거 같아요. 다른 애들한테 물어보세요. 맞아요, 맞아요. 그럼 나만 이상한 애 되는 거야."

양아영은 입술을 깨물었다.

"넌 내가 정말 찬희가 당하는 일을 모를 거라고, 아니, 알면서도 모르는 척하고 있다고 생각했어? 그렇지 않아. 내가 너보다는 더 잘 이해하고 있었어."

나는 반박하지 못한다. 양아영은 뺨을 타고 흘러내리는 눈물을 손바닥으로 닦아 내고 계속 말했다.

"하지만 도대체 뭘 어떻게 해야 하는데? 내가 무슨 행동을 했어야 해? 나는 열심히 공부했지만, 이럴 때는 어떻게 해야 하는지 배운 적이 없어. 아무도 이럴 때는 어떻게 하라고 가르쳐 주지 않아."

아무도 이럴 때는 어떻게 하라고 가르쳐 주지 않는다. 교과서 속의 세계에는 균열이 없다. 언제나 공정하게 흘러가는 이치들로 가득할 뿐이다. 구름에 물이 차면 비가 되어 내린다. 하나에 둘을 더하면 셋이 된다. 그러나 그따위 것들은 실질적으로 교실 안의 난장판을 헤치고 살아 나가는 데 아무런 도움이 되지 않는다.

양아영의 말이 옳았다. 아무것도 모르고 있는 건 나였다.

"미안해."

나는 사과한다. 양아영은 "니가 사과할 거 없어." 하고 고개를 돌린다.

"넌……."

나는 말을 잇지 못한다. 양아영에게 해 줄 말이 없다. 걔들은 너보다 못한 애들이니까 신경 쓸 거 없다고? 시간이 지나면 자연스럽게 수그러들 일이니 너무 마음에 담아 두지 말라고? 그런 건 병신 같은 놈들이나 하는 말이다. 대독 같은 새끼들이나 뱉을 법한 위로다.

울고 있는 양아영에게 해 줄 수 있는 말은 그렇게 많지 않다. 내가 오랫동안 고민하며 품고 있던 이야기는 딱 하나뿐이다.

"내가 왜 체육관 다니는지 물어봤지. 아직도 그게 궁금해?"

양아영은 잠시 사이를 두고 고개를 끄덕였다. 정말로 궁금해서 그러는 건지는 알 수 없다. 어쨌든 나는 천천히 이야기를 시작했다.

산이 누나는 3라운드 1분 20초에 쓰러졌다. 무작정 쳐들어가서 내지르던 스트레이트가 카운터를 맞았다. 상대방의 글러브에서 무지막지한 소리가 났다. 주 관장은 심판이 카운트를 하기도 전에 수건을 던지고 링 위로 뛰어올랐다. 관중석에서 보고 있던 나도 벌떡 일어나서 달려갔다.

산이 누나는 경기장에서 의료진의 응급처치를 받고 예전에 우리가 입원해 있던 병원으로 이송되었다. 누나의 의식이 없었기 때문에 여러 가지 검사를 받았다. 주 관장은 의사와 몇 마디 이야기를 나누다가 안절부절못하는 나를 복도로 내보냈다. 나는 정신없이 허둥거리기만 했는데, 주 관장은 의외로 냉정하게 대처하고 있었다.

어지간하지 않고서야 4라운드 경기에서 심각한 부상을 당하는 선수는 드물다. 권투에서는 강력한 한 방보다는 차곡차곡 쌓이는 데미지가 더 무서운 것이다. 나도 주 관장에게 들어서 알고 있다. 알고 있는데도 목각 인형처럼 요란하게 쓰러지는 산이 누나를 보고 나니 미친놈처럼 불안해졌다.

하릴없이 복도 끝에 놓인 의자에 앉아 기다린다. 잠시 후 주 관장이 두리번거리며 날 찾았다.

"그새 울었냐? 사내가 돼 가지고."

"눈이 삐었어요?"

여느 때처럼 장난스러운 주 관장의 말투를 들으니 비로소 안심이 된다.

"들어가자. 저녁쯤엔 퇴원해도 된대."

"그럼 괜찮은 거죠?"

고개를 끄덕이며 걸어가는 주 관장을 따라 병실 안으로 발을 들인다. 산이 누나는 침대 위에 바르게 누워 눈을 감고 있다. 누나와 함께 들렀던 1인실의 광경이 겹쳐 가슴이 철렁했지만, 곧 시끄럽게 코를 고는 소리가 들려와 허탈한 웃음을 지었다.

"주먹 맞고 쓰러진 사람이 코를 골면 좋은 징조가 아냐. 뇌에 이상이 있을 수도 있다는 거거든. 근데 얘는 그냥 자는 거니까 걱정 안 해도 돼."

주 관장이 쓸데없는 설명을 했다. 덕분에 나는 한 번 더 가슴이 철렁 내려앉았다.

"오산이는 체격이 날렵하고 파워가 없어서 아웃복싱을 해야 하는데 왜 자꾸 인파이팅을 고집하는지 모르겠다."

주 관장이 간이침대에 앉으며 한숨처럼 말했다. 나는 누나가 왜 그러는지 대충은 안다. 그렇지만 다시 말하지 않겠다고 누나와 약속했기 때문에 입을 닫고 있다.

"넌 나중에 절대 쟤처럼 그러지 마라."

"어차피 시합 나갈 일도 없는데요."

주 관장은 이쪽을 힐끗 보더니 "아, 그랬지." 하고 씁쓸하게 웃었다.

"여전히 그 운동선수랑 한판 붙어 볼 생각이냐?"

"그러려고 시작한 거니까요."

산이 누나가 누워 있는 침대 끝에 손을 짚고 서서 대답한다.

눈을 질끈 감고 있는 누나는 왠지 괴로워 보인다. 좋지 않은 꿈이 누나를 괴롭히고 있는 게 틀림없다. 악몽 때문에 잠을 이루지 못하던 누나의 모습이 떠오른다. 아무 꿈도 꾸지 않고 푹 잘 수 있는 약은 없을까. 진통제를 맞고 기절하듯 쓰러져도 고통스러운 꿈은 꾸역꾸역 찾아온다.

"그만두는 게 좋을지도 몰라요."

나도 모르게 입을 연다.

"누가? 뭘?"

주 관장은 내가 밑도 끝도 없이 뱉은 말에 흥미를 보였다. 나는 머뭇거리다가 하는 수 없이 말을 잇는다.

"누나 말이에요. 권투 그만하는 게 좋을지도 몰라요."

"왜, 내가 오산이한테 안 좋은 영향을 주고 있는 거 같냐?"

주 관장은 보기 드물게 굳은 표정을 짓고 묻는다. 나는 기어들어 가는 목소리로 "그런 의미는 아니고요……." 하며 말끝을 흐린다.

"아니야, 네 말이 맞을 수도 있어."

주 관장이 말했다.

"한때는 내가 오산이를 미워하기도 했으니까."

"그, 그래요?"

나는 어설프게 놀라는 시늉을 한다. 주 관장은 피식 웃고는 "뭐야, 이미 알고 있었어? 산이랑 문병이라도 갔다 왔나 보네?" 하고 물었다. 나는 작게 고개를 끄덕였다.

"말 안 하겠다고 약속해서요."

"오산이가 무섭냐?"

"네."

나는 칼같이 대답한다.

"어, 그래, 오산이 무섭지."

주 관장이 당황스러워하면서 수긍했다. 산이 누나가 자고 있어서 다행이다. 이따위 대화가 오가는 걸 들었다면 나랑 주 관장을 골고루 때려서 같이 입원시켰을 거다.

"내가 뭐라고 하든 넌 싸울 생각이지?"

주 관장이 새삼스럽게 묻는다. 나는 그렇다고도 아니라고도 대답하지 않는다.

산이 누나의 시합이 끝났고 기말고사는 이제 이틀 남았다. 남은 시험 기간이 지나면 더 이상 기다릴 필요가 없다. 안승범이 시합 준비로 바쁜 지금이 기회였다. 겨울방학이 시작되기 전에 결판을 봐야 한다. 그렇게 생각하자 몸이 조금씩 떨려 왔다. 나는 주먹을 움켜쥐고 상체를 숙여서 떨림을 멈춰 보려고 한다. 무서워서 그러는 건지 아니면 기대가 되어서 그러는 건지 모르겠다. 너무나 오랫동안 기다려 온 계획이었다.

"관장님이 보기엔 제가 준비가 된 거 같아요?"

내가 묻는다. 주 관장은 질문에 대답하는 대신 다른 이야기를 했다.

"내 동생도 너랑 똑같았어. 싫은 녀석의 얼굴에 주먹을 날리고 싶다고 체육관에 찾아왔지. 신성한 권투의 정신이 어쩌고저쩌고 하면서 아이를 설득했지만, 씨알도 안 먹히더라. 그 불성실한 목표가 마음에 들지 않았어도 나는 열심히 가르쳤다. 어렸을 때부터 자존심이 강한 애였어. 좀처럼 무슨 부탁을 하지 않는 꼬맹이였지. 그래서 더 열심히 가르쳤던 거야. 내가 내 동생한테 해 줄 수 있는 일이 있다는 게 기뻤으니까."

고집스러운 눈매를 가진 환자의 인상이 기억난다. 분명 애먹게 하는 동생이었을 테지. 난 형제가 없어서 크게 실감이 나지는 않지만, 가끔 놀러 오는 친척 동생들을 대하다 보면 그런 버거운 애들이 있다.

"그래도 좋아했던 거 같은데요. 권투 말이에요. 병실에 메달도 몇 개 있고."

내가 말하자 주 관장은 슬쩍 웃었다.

"매력 있는 스포츠지. 어떤 목적을 가졌든 권투를 계속하다 보면 멈출 수가 없게 돼. 게다가 아이는 재능이 있었어. 기술적인 측면에서 아주 날카로운 복서가 됐지. 나중에는 체육관 전체가 기대를 걸 만큼."

누나도 그런 말을 했다. 주 관장의 동생은 여러 가지 면에서 뛰어난 사람이었다고.

"나야 예전부터 권투를 해 왔기 때문에 문제 될 게 없었지만, 우리 아버지는 보수적인 양반이라 여자애가 권투하는 건 그리 탐탁지 않게 여기셨어. 그래서 아이는 싸우기로 결심한 거야. 링에서, 그리고 집에서. 자기 실력을 증명하면 상황이 좀 나아질 거라고 생각했던 것 같아. 어느 정도 나이가 되자 프로 테스트를 받고 신인왕에 도전하겠다고 선언했거든. 그즈음에는 내가 슬슬 트레이너로 전향할까 생각하던 참이라 아이에게 조언해 주기도 수월했지. 그때까지는 일이 잘 풀렸어. 그다음은 너도 대충 알 거야."

주 관장의 말대로 나는 그다음에 어떤 일이 벌어졌는지 알고 있다. 아이 누나는 친구 문제와 얽혀 학교 깡패들과 좋지 않은 때에 좋지 않은 곳에서 마주쳤고, 쓰러졌다. 병원 침대에 잠을 자듯 누워 있던 환자의 모습이 떠오른다. 사진 속에서 환하게 웃고 있던 얼굴도.

주 관장의 동생은 싸웠다. 싸우는 게 익숙한 사람이었다.

"결국 그런 식으로 끝나게 된다는 거예요? 제가 싸우면……, 싸움을 계속하면."

주 관장은 조금씩 크게 소리 내어 웃었다. 나는 나름대로 진지하게 말하고 있는데 주 관장이 그런 반응을 보이니까 화가 났다.

하지만 멈추지 않고 웃어 대는 주 관장을 보고 있으니 뭐라고 화를 내기가 곤란해졌다.

일 분쯤 사람 민망하게 웃던 주 관장은 숨을 고르면서 "아, 미안." 하고 사과했다. 나는 "뭐예요, 갑자기." 하고 투덜거린다.

"참으려고 했는데 니 표정이 너무 웃겨서. 뭐가 그렇게 비장하냐? 내가 하고 싶은 말은 싸우지 말란 소리가 아냐."

양아영은 그랬다. 싸우는 게 해결책은 아니라고. 무턱대고 싸워 봤자 서로 손해만 보게 될 뿐이라고. 나는 양아영의 말이 옳다고 생각했고, 동시에 틀리다고 생각했다. 싸움이 답이 되지 않는다는 건 누구나 공평하게 법의 테두리 안에서 보호받을 수 있다고 착각하는 어른의 논리다. 허울뿐인 방패이긴 해도 거기에 기댈 수는 있는 것이다.

하지만 나는, 서찬희는, 도대체 어디에 기대야 한단 말인가? 스스로 주먹을 쥐고 일어서지 않으면 말도 안 되는 것들을 향해 그건 말이 안 된다고 맞서는 것조차 하지 못한다.

"싸우는 걸 멈출 수는 없어."

주 관장이 말했다. 나는 상념에서 깨어나 주 관장의 얼굴을 본다. 주 관장은 산이 누나를 보고 있다.

"아이를 그렇게 만든 놈들을 찾아서 학교에 갔었다. 다들 모른 척하더라. 나중에야 산이를 통해서 애들이 왜 그렇게 행동했는지 알았지. 당장 눈앞에서 흔들어 대는 주먹이 무서웠던 거야. 선생들은 일이 더 커지지 않고 여기서 끝나기만을 바라는 눈치였고. 아무도 도와주지 않았어. 신고해도 소용없었어. 나는 예정에 있던 시합도 팽개치고 정신없이 돌아다녔다. 아이한테 그런 짓한 자식들, 죽을 만큼 패 주기라도 하려고."

체육관에 전시되어 있는 각종 트로피들을 보면 주 관장도 나름 촉망받던 선수였던 게 틀림없다. 프로 자격이 있는 사람이 주먹을 휘두르면 문제가 커진다. 그것도 청소년에게. 주 관장은 "걱정하지 마, 벌써 삼 년 전의 일이니까." 하고 웃었다.

"그래서 어떻게 됐어요?"

"뭐가 어떻게 돼?"

"그 깡패 새끼들 찾았어요?"

"찾았어."

그리고 주 관장은 입을 다물었다. 무거운 침묵이었다. 나는 그때까지 쥐고 있던 주먹을 펴고 허벅지에 문지른다. 손바닥이 땀으로 흥건하다. 산이 누나가 답답해하는 것 같아 창가로 가서 커튼을 걷고 문을 살짝 열어 둔다.

"왜 안 패 줬어요?"

내가 물었다.

"왜 내가 안 패 줬을 거라고 생각하냐?"

"그랬으면 관장님은 여기 없을 테니까요."

주 관장이 동생의 복수를 해 줬다면 어딘가 감옥에 갇혀 지금까지 나오지 못하고 있었을 거다. 주 관장은 메마른 웃음을 지으며 "하여간 건방지기는." 하고 기지개를 켰다.

"어리더라, 걔들. 내가 생각했던 것보다 약하고. 몇 대 치니까 바들바들 떨면서 사과하는데 뭐 어쩔 수가 있나. 이를 악물고 돌아섰다. 그냥 죽은 듯이 지내라고, 안 그러면 다시 와서 끝장을 보겠다고 엄포를 놨지만 그게 끝이었지. 그리고 나는 오랫동안 후회했다."

"뭘 후회했는데요?"

"애들을 호되게 패 주지 못해서 후회한 건 아니야. 다만, 아이한테 거들먹거리며 선수는 어떤 때라도 싸움을 해서는 안 된다고 당부했던 게 마음에 걸렸어. 내가 족쇄처럼 채워 놓은 말이 결국 내 동생의 발목을 붙잡았던 게 아닐까. 그런 생각이 한번 떠오르니까 좀처럼 사라지지 않더라고."

링 위에 오르는 선수이기 때문에 함부로 주먹을 휘두를 수 없다. 하지만 싸우고 싶어 하지 않아도 싸워야 할 상황은 닥쳐온다. 언젠가 주 관장이 말했듯, 비나 눈이 쏟아지는 것처럼 그냥 그렇게 벌어지는 일이다.

"그럼 산이 누나는 뭐예요."

어디선가 산이 누나가 체육관의 문을 두드리는 소리가 들린다. 때려 주고 싶은 애가 있어서 권투를 배우러 온 여자아이.

"관장님은 산이 누나를 좋아하는 게 아니죠?"

내가 묻는다.

"화가 나서, 후회가 돼서, 그래서 이렇게 누나한테 벌을 주는 거예요? 결과가 빤히 보이는 시합에 내보내면서?"

"아니야."

주 관장이 말했다.

"넌 잘못 알고 있어. 물론, 나도 오산이가 아이 친구였다는 걸 알게 된 다음부터는 전처럼 살갑게 대해 주지 못했다. 미웠으니까. 일부러 험한 연습을 시키기도 하고 괜히 못되게 굴기도 했지. 하지만 나는 오산이가 싸우는 걸 봤어. 필사적으로 자기의 한계를 넘어서는 걸 봤어. 어떻게 그런 아이를 계속 미워할 수 있겠냐? 세컨드는 묵묵히 링 위의 선수를 보고 있으면 돼. 수건을 던지는 건 더 이상 싸움을 계속할 수 없을 때뿐이다. 자기가 있을 자리는 자기가 만들어 가는 거야. 내 동생은 본인이 옳다고 믿는 걸 위해 싸웠어. 오산이도 싸우고 있어. 아이는 그러지 못했지만, 나는 오산이만큼은 싸움에서 이겨 줬으면 한다. 그래서 스스로를 자랑스럽게 여겼으면 해."

나는 침대에 누워 눈을 감고 있는 산이 누나를 내려다본다. 누나는 어떤 자리에 있고 싶어서 그토록 치열하게 싸우고 있을까. 나는 안승범을 생각했다. 그 자식을 때려눕히면 나에게도 안심하고 몸을 맡길 수 있는 자리가 생길까.

"내가 너한테 조건이 하나 있다고 했지."

주 관장이 말했다.

그러고 보니 체육관을 처음 찾았을 때 주 관장이 그런 말을 했다. 싸우는 법을 가르쳐 주는 대신 조건이 있다고.

"한번 도망치면 계속 도망쳐야 돼. 니가 이미 싸우기로 결심했고 어떻게든 싸워 볼 생각이라면, 포기하지 마라. 이게 내 조건이야."

나는 주 관장이 행여나 쓸데없는 소리를 할까 걱정했지만 그런 게 아니었다. 주 관장은 계속 말했다.

"해야 한다고 결심한 싸움을 외면하면 그게 평생 동안 니 머릿속을 헤집으며 따라다닐 거야. 벼랑 끝에 몰린 심정이 돼도 뒤로 뛰어내리지 말고 앞으로 걸어가. 이겨야 해. 모든 수단을 다 동원해. 싸우는 걸 멈추지 마."

이런 때에도 주 관장은 어쩔 수 없는 트레이너다. 나는 링 사이드에 바짝 붙어 세컨드의 조언을 듣는 권투 선수처럼 가볍게 숨을 고른다. 싸움을 운동처럼 하려고 하지 마라. 언젠가 주 관장이 그런 말을 했다. 맞는 말이다. 싸움은 스포츠가 아니다. 싸움은 그것보다 더 넓은 영역에 속한다.

"산이 누나 깨어나면 아까 했던 말 꼭 해 주세요. 안 미워한다고. 응원하고 있다고요."

"야 이 자식아, 닭살 돋게 그런 말을 어떻게 하냐?"

"그럼 제가 대신 할까요?"

우악스럽게 손을 뻗는 주 관장을 피해서 나는 "가 볼게요. 할 일이 있어요." 하고 병실 밖으로 나왔다.

어쩌면 체육관 사람들과 이렇게 자연스럽게 지내는 것도 오늘이 마지막일지 모른다. 그런 생각을 하니까 왠지 쓸쓸해졌다. 그러나 머리를 흔들어서 털어 낸다. 언제까지나 멈춰 있을 수는 없다. 이제 나는 준비가 됐다.

11
내가 있어야 할 자리

시험이 끝나고 아이들은 한가해졌지만 운동부는 이제부터 시합이라 바쁜 일정을 보내는 것 같았다. 안승범은 종례 시간에도 아예 나오지 않았다. 보기 싫을 때는 곳곳에 나타나더니 보려고 하니까 안 나온다. 끝까지 도움이 안 되는 새끼다. 여러 가지 멘트를 연습하면서 싸울 생각을 하고 있던 나는 초조해졌다. 무턱대고 운동부가 있는 곳으로 쳐들어갈 수도 없는 노릇이다. 잘못하면 그 자리에서 뭇매를 두드려 맞게 될지도 모른다. 안 그래도 불리한 싸움을 더 불리하게 만들 필요는 없다.

서찬희의 자리에는 더 이상 꽃이 놓이지 않았다. 며칠 동안 시들한 채 놓여 있던 꽃은 지저분하고 우중충하다는 건의가 나와서 치워졌다. 옥상에 있던 것도 마찬가지였다. 서찬희의 아버지는 교문 앞에서 시위를 계속했지만, 적어도 학교 안에서만큼은 서찬희의 흔적을 찾아볼 수 없게 됐다.

이미 내가 뭘 할 계획인지 알고 있던 양아영은 가끔 불안한 표정을 지어 보일 뿐 별다른 말은 하지 않았다. 나는 여자애들 사이에 표류하는 배처럼 떠 있는 양아영의 모습을 보았다. 양아영이 말했던 것처럼 딱히 뭐라 꼬집어 말할 수 없는 위화감이 가득했다. 지금까지는 알지 못했다. 그러나 조금만 관심을 가지고 들여다보면 알 수 있는 일이었다. 나는 양아영이 따돌림당하는 걸 보면서도 손 놓고 있을 수밖에 없었다. 가끔 양아영과 나누는 간단한 대화에도 다들 신경을 곤두세우는데 내가 나서기까지 하면 괜히 양아영만 더 곤란해질 뿐이다.

"방학 때 뭐 할 거야?"

혹시나 종례 시간에 안승범이 들어오지 않을까 싶어 주위를 두리번거리던 나는 수업이 끝나자마자 어김없이 와서 오지랖을 떠는 양아영을 보고 한숨을 쉬었다. 반갑기도 하고 귀찮기도 하고.

"내가 어디서 뭘 하든 신경 끄셔."

"방학식 하고 바로 운동부 시합 관전한다는데, 갈 거야?"

"안 가. 바빠 죽겠는데 안승범 낯짝 볼 여유가 어딨냐?"

시민스포츠센터에 가면 그날의 보충수업이 면제된다. 시합 자체에 관심 있는 아이는 몇 명 없어도 가겠다고 나서는 애들이 많은 이유다. 나는 내가 가지 않을 거라는 걸 빤히 알면서도 물어보는 양아영의 속내를 대충 짐작할 수 있다. 언젠가 한번은 부딪쳐야 할 주제였다.

"집에서 곰곰이 생각해 봤어."

양아영이 말했다.

"그래도 역시, 난 니가 안 그러는 게 좋을 거 같아."

나는 양아영에게 체육관에 다니게 된 사정을 밝힌 걸 후회하는 중이다. 하지만 비참한 기분으로 울고 있는 여자애의 관심을 돌릴 만한 이야기가 그것밖에 없었다. 심각한 표정으로 걱정해 주는 양아영을 완전히 무시하기란 어려운 일이다.

"왜? 내가 일방적으로 얻어맞을 거 같아서 그래?"

"그런 이유도 있고."

이렇게 대답하는 양아영이 장난기가 전혀 없어서 좀 서글프다. 나도 나름대로 열심히 운동하며 체격을 키웠다고 생각하는데 다른 사람이 보기에는 아직도 차이가 큰 모양이다.

"왜 싸우려는 거야? 이기든 지든 아무 이득이 없잖아."

양아영이 묻는다. 나는 반박하지 못한다. 양아영의 말이 맞다. 이제 와서 안승범에게 주먹을 날린다고 뭐가 달라지지는 않는다. 그렇지만 변하는 게 없다는 걸 알면서도 뭐든 해야만 할 때가 있다. 부당하게 닥쳐오는 고통을 외면하고 잠자코 수그러들기만을 기다리면 그보다 더한 고통이 찾아올 뿐이다. 저절로 나아지는 상황 같은 건 없는 것이다.

"그냥, 안승범 그 새끼가 맞을 짓을 한 거야. 아무도 안 때리니까 나라도 때려야지."

양아영이 내 궁색한 대답을 듣고 뭐라고 한마디 하려는데 타이밍 좋게 교실 문이 열렸다. 안승범은 아니었다. 담임이 종례를 하기 위해 들어서고 있었다. 여기저기 흩어져 있던 아이들이 후다닥 자기 자리를 찾아갔다. 양아영은 떨떠름한 표정으로 돌아섰다.

"다들 방학 계획은 잘 세우고 있니? 기말고사 끝났다고 다 끝난 거 아니니까 너무 나태해지지 말고. 찬희 자리는 계속 비워 둘 거야. 보충수업 때도 자기 자리 그대로 앉으면 돼. 일 년 동안 우리 반에 좋지 않은 일이 많았지만, 보다 성숙해지기 위한 발판으로 삼자. 찬희 때문에 아직까지 마음 아파하는 친구가 있으면 다 같이 다독여 주고. 지금은 이런저런 이유로 힘들게 느껴질지도 모르지만, 지나고 보면 내가 그런 때가 있었나 싶을 거야."

멍청한 소리였다. 시간은 아무것도 해결해 주지 못한다. 그저 잊게 만들 뿐이다. 깨진 창문을 커튼으로 덮어 두고 한참 뒤에 멀쩡해졌다고 착각하는 꼴이나 마찬가지다. 어쨌거나 내가 아는 한 이 교실 안에 서찬희가 죽어서 정말로 슬퍼했던 인간은 아무도 없다.

담임이 말을 마치자 다들 집에 갈 준비를 하며 부산스럽게 움직였다. 나는 양아영이 가방을 챙기느라 한눈을 파는 사이 재빠르게 복도로 나왔다. 누가 모범생 아니랄까 봐 양아영이 쏟아 내는 잔소리를 듣고 있다 보면 자연스럽게 내가 아주 바보 같은 짓을 하고 있다고 느껴졌다. 굳이 말하지 않아도 안다. 내가 하려는 게 올바른 일이 아니라는 걸. 누구에게 인정받고 싶은 마음이 있는 것도 아니다. 그런데도 자꾸만 양아영이 마음에 걸렸다.

머리에 달라붙은 복잡한 생각을 씻어 내기 위해 화장실에 들러 세수를 한다. 이러고 있으니까 전에 옥상에서 안승범과 마주쳤던 기억이 났다. 그때 나는 안승범에게 해야 할 말을 뒤로 미뤘다. 이제 더 이상 그럴 필요가 없다.

눈앞의 거울을 뚫어져라 노려본다. 안승범의 무지막지한 기세에 눌려 벌벌 떨던 겁쟁이가 여전히 거기에 있다. 화가 나고, 겁이 나고, 힘이 끓어오르고, 진이 빠지고. 컨디션이 좋은 것 같으면서 좋지 않다. 나는 혼자 몇 번이나 거듭해서 그려 본 안승범과의 싸움을 다시 한번 되새겼다. 주 관장은 이길 수 있는 확률이 반도 안 된다고 했다. 나는 그 정도면 괜찮은 게 아닌가 싶었다. 이길 가능성이 전혀 없다, 에 비하면 크게 발전한 거다.

바람이라도 쐬며 앞으로의 계획을 점검해 볼까 해서 옥상으로 향했다. 학교 옥상만큼 조용히 시간을 보내기에 적당한 곳이 없다. 그날, 서찬희가 안승범 패거리를 옥상으로 불러낸 것도 마찬가지의 이유에서다. 누구의 방해도 받지 않고 이야기할 수 있는 공간.

세상은 불공평해. 서찬희는 말했다. 왜 이렇게 불공평한 세상이 됐는지 알아? 옥상의 문을 열고 밖으로 나온다. 나는 편한 게 좋았다. 굳이 나서서 피곤한 생활을 하고 싶지 않았다. 신경 쓰지 않는 척, 쿨하게 살고 싶었다. 그러나 그렇게 사는 건 쉬운 일이다. 좆밥 새끼라고 무시당하는 친구의 너저분한 인생을 모르는 척하는 건 어렵지 않다. 나서지 않는 것. 엮이지 않는 것. 굳이 내가 하지 않아도 되는 수많은 행동들을 넘겨 버리는 것.

왜 내가 이 자리에 끼어야 돼? 강준혁은 안승범 패거리가 아닌데도 옥상 위에 있었다. 패거리가 쏟아 내는 갖가지 부당한 짓들을 지켜보면서 때로는 혐오스러운 표정으로, 때로는 아무 감정 없이, 때로는 웃으면서, 서찬희의 등을 떠밀었다. 너 같은 놈들이 제일 나빠. 서찬희는 그런 부류의 인간들이 얼마나 비겁하고 역겨운지 정확하게 알고 있었다. 내가 정말로 원망스러운 건 너야. 그래서 그런 말을 꺼냈던 것이다.

그만해. 강준혁이 말했다. 너 그럴 용기 없잖아. 강준혁은 그때까지도 서찬희가 어떤 결심을 하고 옥상 위에 섰는지 모르고 있었다. 바보 같은 일이었다.

“이 새끼 봐라? 여기 뭐 금덩이라도 숨겨 놨냐? 또 마주치네, 짜증 나게.”

서찬희가 서 있던 장소를 보며 생각에 잠겨 있던 나는 화들짝 놀라 뒤로 돌아선다. 기회는 늘 생각지도 못한 순간에 찾아온다. 내가 그토록 마주치기를 바라던 안승범이 거기에 있었다. 심장이 쿵쾅거리며 뛰기 시작했다. 나는 반사적으로 뒤로 물러서서 안승범과의 거리를 벌렸다.

"씹새끼야, 표정 뭔데? 내가 눈 깔고 다니라고 하지 않았냐?"

안승범은 지난번에 봤던 것과 마찬가지로 크고 단단해 보였다. 열심히 훈련했다고는 하지만 내가 체육관에 다닌 기간은 기껏해야 한 달 반 정도다. 그 정도만으로 안승범과의 차이를 메꾼다는 건 불가능하다. 권투의 라운드처럼 땡, 하고 붙으면 무조건 진다. 주 관장은 말했다. 그래서 느닷없이 지르는 처음의 한 방이 중요한 거라고. 방심하고 있을 때 온 힘을 다해서 날리는 한 방.

나는 기계적으로 주 관장에게 배운 내용을 복습한다. 주먹의 힘은 팔에서 나오는 게 아니다. 하체에서 나오는 거다. 나무가 뿌리를 내리듯 견고하게 발을 딛고 서서, 허리를 비틀며 힘껏 꽂아 넣는다. 제대로만 치면 그거 하나로 끝이다. 그러나 그러기 위해서는 주먹을 보호할 만한 붕대나 장갑 같은 걸 덮고 있어야 한다. 잘못하면 주먹이 깨질 수도 있으니까. 이게 좀 아쉬운 부분이다. 옥상에서 안승범과 만나게 될 줄은 몰랐기 때문에, 준비해 둔 붕대는 내가 메고 있는 가방 안에 들어가 있다.

"에이 씨발, 담배도 안 가져왔네."

안승범은 주머니를 뒤적이다가 욕을 하고는 난간 쪽으로 걸어가서 침을 뱉었다. 서찬희의 꽃이 놓여 있던 곳이다.

"아직 안 갔냐? 재수 없으니까 빨리 꺼져라. 처맞기 전에."

안승범이 말했다. 나는 주먹을 쥔 채로 서 있다. 여기서 달려들면 틀림없이 발차기가 먼저 나온다. 아니, 발차기가 나오는 건 둘째 치고 이쪽에서 주먹을 제대로 뻗을 수 없다. 적당한 거리에서 기습적으로 튀어 나가지 않으면 안 된다.

그래서 일단은 안승범을 도발하기로 한다. 뭣도 모르고 다가오면 그때가 스트레이트를 꽂아 넣을 타이밍이다.

"서찬희 아버지가 시위하는 거 알지?"

내가 묻는다. 안승범은 난간에 등을 기대고 서서 짐짓 태연한 척 "내 알 바야?" 하고 되물었다. 심장 소리가 불규칙적으로 귓가에 울린다. 왜 이렇게 지랄맞게 떨리는지 모르겠다. 나는 마음을 다잡기 위해 일부러 안승범을 날카롭게 쳐다본다. 온몸이 뜨겁게 요동치고 있다. 그러나 반대로 머릿속은 점점 차가워졌다.

"넌 살인자야. 니가 서찬희를 죽였어."

"이거 완전 또라이네. 좆밥 새끼가 죽은 게 왜 내 탓이야? 사고라고 이미 결론 났잖아. 그럼 끝이지."

"아무것도 끝나지 않았어, 개새끼야."

안승범은 어이가 없다는 표정이었다. 서찬희의 죽음에 대한 추궁보다는 내가 욕을 했다는 사실이 더 놀라운 듯했다. 교실의 어느 누구도 안승범에게 대놓고 욕을 하지는 못했다. 언제나 자기 패거리에게 둘러싸여서 왕 행세를 하고 다니는 놈이었으니까.

"너 진짜 미쳤구나? 좆도 아닌 게 씨발 뭐 믿고 이렇게 깝쳐? 지 혼자 좆나 떳떳하네. 서찬희 죽은 거 파내면 넌 무사할 거 같아?"

나는 깊게 숨을 들이쉰다. 그동안 떠올리지 않고 있던 기억이 고통스럽게 밀려왔다.

사고였지? 난간에 잘못 기댄 거지? 선생들은 서찬희의 죽음을 그 정도 선에서 정리하고 싶어 했다. 무거운 침묵 끝에 네, 하고 먼저 입을 연 건 강준혁이다. 사고였어요. 강준혁의 대답이 신호라도 되는 듯 다른 아이들도 하나둘 입을 열었다. 맞아요, 찬희가 거기 기대 있더라고요. 저희도 깜짝 놀랐어요. 난간이 그렇게 부실한 줄 몰랐어요. 철조망 같은 거라도 둘러야 되는 거 아니에요?

"너도, 니 패거리도, 강준혁도, 다 죗값을 받을 거야. 하지만 그 전에 내가 너네한테 해 줄 말이 있어."

"뭐라는 거야, 또라이 새끼가. 차에 들이받혀서 대가리가 어떻게 됐냐? 아, 담배 좆나 땡기게 하네."

안승범이 말했다. 나는 "운동한다는 놈이 무슨……,"까지 말하다가 입을 다문다. 뭔가 이상했다.

운동선수는 담배를 피우지 않는다. 피운다고 해도 중요한 시합을 앞에 두고 피우지는 않는다. 소각장에서 봤던 운동부는 담배를 피우기 위해 그 장소에 있었던 게 아니다.

그날, 복학 신청을 하기 위해 학교에 왔다가 안승범과 마주친 날, 안승범은 담배를 꺼냈다. 반도 태우지 않고 나에게 집어 던지던 게 기억난다. 어깨에 맞아서 튀던 담배꽁초의 불똥도.

"너 담배 안 피우지?"

내가 물었다. 안승범은 "뭐래, 또." 하고 짜증스럽게 대꾸했다.

"너 담배 안 피우잖아. 시합 준비해야 되니까. 안 그래? 언제부터 준비했어? 한 달 전? 두 달 전?"

"그게 지금 이 좆같은 상황이랑 관계가 있냐?"

모르겠다. 나는 눈썹 사이를 좁히고 잡힐 듯 잡히지 않는 생각을 어렵게 끄집어낸다.

담배를 피우려던 게 아니면 안승범은 왜 그날 옥상 위에 올라왔지? 지금도 마찬가지다. 며칠 남지 않은 시합 때문에 교실에 얼굴 비칠 틈도 없는 새끼가, 왜 빠듯한 시간을 쪼개 일부러 여기까지 걸어왔을까? 체육관에서 그렇게 가까운 거리도 아닌데.

"너였구나."

내가 말한다. 안승범은 잘 들리지 않았는지 "뭐? 뭐라고 했냐?" 하고 물었다. 나는 다시 말했다.

"너였어. 서찬희 자리에 꽃을 가져다 놓은 게. 여기 꽃을 두고 있던 게 너였어."

안승범은 대답하지 않는다. 나는 화가 났다. 안승범 같은 새끼들은 언제나 안승범 같은 새끼들이었다. 그토록 많은 잘못을 저질러 놓고, 고작 이따위 가식적인 자기 위로밖에 할 줄 모른다.

"별 의미는 없어. 내가……."

"그래, 아무 의미도 없어."

나는 변명처럼 입을 여는 안승범의 말을 끊었다.

"그런다고 서찬희가 널 용서해 줄 것 같아? 니가 주도한 그 역겨운 짓거리들이 사라지기라도 해? 넌 그냥 거추장스러운 죄책감을 그렇게 해서라도 덜어 내고 싶었던 거야. 하루빨리 잊어버리고 아무 일도 없었던 것처럼 살고 싶은 거겠지. 그래서 어땠어? 효과는 있었어?"

"닥쳐."

안승범이 이를 악물고 말했다. 나는 개의치 않는다.

"왜? 아직도 기분이 더러워? 걱정하지 마. 머지않아 서찬희는 너한테 아무것도 아니게 될 테니까. 그런 애가 있었는지조차 기억하지 못하게 될걸? 철없던 시절의 추억으로 남겨 놓고 서서히 잊어버리겠지. 너네는 항상 그러잖아. 다른 사람 인생 병신 만들어 놓고 별거 아니라고 생각하잖아. 뻔뻔스럽게 잘 살잖아."

"그러는 씨발 넌 뭐 다르다고 생각하냐? 주제도 모르고 떠들어 대는 좆만 한 새끼. 그렇게 말하니까 니가 무슨 좆나게 도덕적인 사람이라도 된 거 같아? 차에 한번 치이니까 눈이 떠지디?"

안승범이 조금씩 앞으로 걸어오며 말했다. 바로 내가 기다리던 순간이다.

나는 주먹을 더 세게 움켜쥐었다. 시선은 안승범을 향하고 있다. 안승범의 얼굴이 점점 가까워진다. 몸 전체의 맥박이 뭍으로 건져 낸 생선처럼 펄떡였다. 실수하면 안 돼. 나는 마치 다른 사람에게 조언하듯 머릿속으로 되뇌었다. 냉정하게 굴어야 해.

"좆같은 위선자 새끼. 뭐? 내가 서찬희를 죽여? 그럼 씨발 넌 뭐 했는데? 너도 똑같은 새끼 아냐? 너도 살인자 아니냐고?"

"더 가까이 와. 너한테 해 줄 말이 있어."

"또 무슨 말을 지껄이려고?"

안승범이 한 걸음 더 가까이 왔다. 이 정도면 적당한 거리 같다.

"나랑 싸워."

나는 온 힘을 다해 주먹을 내지르며 말했다.

"이 좆밥 새끼야!"

운동선수의 반사 신경은 얕잡아 볼 게 못 된다. 숙련된 권투 선수는 일 초를 수십 개로 쪼개어 인식할 수 있다고 한다. 태권도도 그런지는 모르겠지만, 아무튼 안승범은 내 주먹을 피했다. 간발의 차였다. 거리가 더 좁혀질 때까지 기다렸어야 했는데. 기회는 한 번뿐이었고, 방금 전에 지나갔다.

"이런 씨발."

안승범이 욕설을 뱉으며 고개를 돌린다. 나는 지체하지 않고 다시 주먹을 날렸다. 산이 누나의 옆에서 어설프게 배운 잽이었지만 당장 시간을 버는 데는 유용했다. 안승범이 정신을 차리고 나를 묵사발 내기까지 얼마나 걸릴까. 그러기 전에 뒤로 돌아서 도망치는 것도 괜찮은 방법이다. 옥상 문까지는 내가 더 가깝다. 그러나 그렇게 하면 정말로 모든 게 끝장이라는 생각이 들었다.

나는 이미 도망쳐 왔다. 언제나 도망치는 놈이었다. 더 이상 물러설 곳이 없을 때까지 물러섰다. 그리고 이제 나는 벼랑 끝에서 있다. 살기 위해서는 앞으로 가야 한다. 결심을 굳히고 무너진 자세로 이도저도 아닌 주먹을 급하게 날렸다. 안승범은 형편없는 공격에 아랑곳하지 않고 거칠게 내 멱살을 잡아서 창고 벽으로 밀어붙였다.

"그래, 뒤지고 싶다 이거지? 내가 씨발 사고 난 병신 새끼 불쌍해서 선배들한테 이름 판 것도 그냥 넘어가 줬는데 이건 못 참겠다. 어디 한번 좆 돼 봐."

눈앞에 불꽃이 터지는 것처럼 시야가 번쩍거린다. 안승범의 주먹이 여러 번 얼굴을 때렸다. 몽둥이를 휘두른 것처럼 무거운 주먹이었다. 하지만 생각했던 것만큼 아프지는 않다. 아프지만, 겁을 먹을 정도는 아니다. 막상 안승범에게 얻어맞으니 그동안 내가 겨우 이 정도의 주먹을 그토록 두려워했다는 게 우습게 느껴졌다.

산이 누나는 더 아프게 맞았다. 그리고 더 아프게 때렸다.

"웃어?"

내가 허탈하게 웃자 안승범이 무지막지한 힘으로 멱살을 잡아 올린다. 숨이 막혀 왔다. 나는 운동화의 끝 부분을 세워서 있는 힘껏 안승범의 사타구니를 후려갈겼다. 아무리 훌륭한 운동선수라고 해도 남자라면 절대로 단련할 수 없는 부분이 있다. 안승범이 묘한 신음을 흘리며 허리를 굽힌다. 나는 앞으로 내려온 안승범의 얼굴을 발등으로 걷어찼다.

"비겁한 새끼."

안승범이 헐떡이며 말했다. 나는 "내 알 바야?" 하고 대꾸하면서 다시 한번 안승범의 사타구니에 발길질을 했다. 이번에는 손바닥이 와서 막았다.

"죽여 버릴 거야."

어느새 몸을 추스르고 일어선 안승범이 돌려차기로 허벅지를 때렸다. 주먹으로 맞은 것과는 비교조차 할 수 없는 통증이 순시간에 밀려들었다. 쇠파이프로 크게 한 대 얻어맞은 기분이다. 몸에서 힘이 쭉 빠져나간다. 태권도 하는 놈들은 어떻게 이런 걸 맞으면서 시합을 하지? 나는 비틀거리며 벽에 등을 기대고 섰다. 가방이 거추장스럽게 느껴진다. 어깨에 걸린 끈을 잡아서 내리는데 안승범의 발이 얼굴로 날아들었다.

이가 깨진 걸까. 피를 쏟으면서 바퀴가 빠진 수레처럼 옆으로 기우뚱 쓰러진다. 땅바닥에 붉은 선혈이 번졌다. 나는 서찬희를 생각했다. 자신의 피로 가득한 웅덩이 속에서 얕은 숨을 몰아쉬던 서찬희를. 서찬희는 말했다. 몇 번을 되물은 끝에 간신히 서찬희의 말을 알아들을 수 있었다.

정말, 미안해.

나 같은 놈에게 뭐가 미안하다는 건지 알 수 없었다. 부탁해. 그리고 서찬희가 말했다. 너밖에 없어. 나는 죽어 가는 서찬희에게 알겠다고, 걱정하지 말라고 했다.

"그거 기억나? 서찬희가 그랬잖아. 자기가 죽으면 악귀든 뭐든 되어서 죽을 때까지 괴롭혀 주겠다고."

"아직 덜 맞았냐?"

안승범이 거칠게 숨을 쉬면서 씹어 뱉듯 입을 연다. 나는 바닥에 떨어진 내 앞니 조각을 물끄러미 들여다보았다. 엄마가 알면 난리를 치겠군. 이 하나 해 넣는 데 돈이 얼마나 들까? 갑자기 그런 병신 같은 생각이 들었다.

"근데 서찬희 그 새끼, 결국 그렇게 되지는 못한 거 같더라. 하긴 원래 마음이 약한 새끼였으니까. 우리랑은 다르게 대책 없이 착한 새끼였으니까. 있잖냐. 내가 생각해 봤는데, 착하게 사는 것도 힘이 있어야 되겠더라. 좆도 아니면서 착하기만 하면 그게 그렇게 좆같을 수가 없어. 멍청한 새끼가 죽어서 숨이 멎는 순간까지도 사과하고 있더라고. 미안하대. 씨발 도대체 뭐가 미안하다는 건데?"

"듣기 싫어."

안승범이 말했다. 나는 천천히 일어선다.

"그럼 듣지 마, 개새끼야. 그렇게 눈감고 귀 막고 아무 일도 저지르지 않은 듯 살아. 너 같은 새끼들은 그렇게 살아야 해. 그게 어울려. 등신같이 꽃다발 이런 거 갖다 놓지 말고, 늘 그래 왔던 것처럼 개새끼로 행복하게 살아."

"씨발놈이 말이면 단 줄 알아?"

안승범이 주먹을 든다. 피를 너무 많이 흘려서 그런가. 당장이라도 드러누워 자고 싶다. 나는 전부 팽개치고 싶은 충동을 누르며 억지로 주먹을 들었다. 서찬희가 이걸 봤으면 뭐라고 했을까? 바닥에 쓰러졌을 때 몰래 긁어 모은 피 묻은 먼지를 안승범에게 힘껏 뿌린다. "이런 개……," 눈을 찡그리며 욕설을 뱉는 안승범을 향해 병원에서, 체육관에서, 그토록 내지르고 싶었던 주먹을 뻗는다. 나는 역동적으로 허리를 틀면서 몸 전체를 안승범을 향해 집어 던졌다.

주먹이 부서지는 소리가 난다.

말도 안 되는 고통은 그다음 뒤늦게 밀려들었다. 붕대나 장갑으로 손을 보호하라던 주 관장의 말이 허튼소리가 아니었음을 증명하는 고통이었다. 나는 아파서 소리를 지르면서도 필사적으로 안승범을 깔아뭉갰다. 오른쪽 손가락에 존재하는 마디 하나 하나가 다 부러진 것 같다. 나는 이를 악물고 아직 멀쩡한 왼손에 힘을 주었다. 콘크리트 더미처럼 튼튼하던 안승범이 내 밑에 깔려서 허우적거리고 있다.

"이, 개, 새끼, 좆같은, 새끼."

나는 되는대로 욕을 뱉으면서 왼쪽 주먹으로 안승범의 얼굴을 후려쳤다.

"넌 이제 진짜 뒤졌어, 좆만 한 새끼야. 씨발, 얍삽한 새끼."

안승범이 소리치며 손을 뻗었지만 나는 위로 고개를 빼고 계속 주먹을 날렸다. 계속, 계속. 왼손도 오른손처럼 너덜너덜해질 때까지. 더 이상 주먹에 감각이 없어질 때까지.

입술이 터진다. 이가 깨진다. 코뼈가 부러진다.

"그만, 그만해."

사납게 버둥거리던 안승범이 마침내 피투성이가 된 얼굴로 항복 선언을 한다. 그러나 나는 멈추지 않았다. 안승범이 서찬희에게 그랬던 것처럼. 패거리가 다른 아이들에게 그랬던 것처럼, 멈추지 않고 때린다.

"넌 그만했어? 서찬희가 그만하라고 할 때 그만했어?"

양손이 다 부서진 것 같다. 몸에 힘도 없다. 그래도 나는 계속 주먹을 날렸다.

"너네는 미안해하지 않아. 벌을 받지도 않아. 왜? 태권도를 잘

해서? 집이 잘살아서? 머리가 좋아서? 너도, 니 패거리도, 강준혁도, 멀쩡하게 살면 안 돼. 아무 일도 없었던 것처럼 살면 안 돼."

"미친 새끼."

여기저기 붓고 터진 안승범이 가래 끓는 소리를 내며 웃었다. 나는 망가진 주먹을 다시 한번 뻗으려다가 안승범을 본다. 안승범이 말했다.

"넌 정신병자야. 지 이름이 뭔지도 모르는 정신병자 새끼."

나는 안승범이 뱉은 말을 이해하지 못한다. 내 이름? 안승범은 비틀린 웃음을 지었다.

"니가 이기니까 좆나 잘난 거 같지?"

안승범이 묻는다. 나는 다른 생각에 빠져 있다. 갑자기 내 이름이 몹시 낯설게 느껴졌다.

"넌 아무것도 아니야, 좆만 한 새끼야. 니가 뭔지, 무슨 짓을 했는지 기억이나 해?"

"나는……,"

나는 말하지 못한다. 처음으로 내 이름을, 그 의미를, 생각한다. 누구를 가리키고 있는지 깨닫는다.

"너도 재미있었잖아. 그치? 서찬희 그 좆밥 새끼 잔뜩 쫄아서 쇼하는 거, 솔직히 웃겼잖아. 니가 웃는 거 봤어. 멀쩡하게 살면 안 된다고? 아무 일도 없었던 것처럼 살면 안 돼? 씨발, 니가 그런 말을 하면 안 되지. 이제 와서 그러는 거 좆나 이상하잖아."

"나는, 내, 이름은……."

전부 네 잘못이라는 거 알지, 이 병신 새끼야. 누군가 귓가에 대고 속삭인다. 나는 놀라서 고개를 돌렸다. 그러나 뒤에는 아무도 없다. 안승범의 웃음소리가 거세게 소용돌이쳤다. 갑자기 눈앞이 아득해진다.

흐리게 흩어지는 기억들을 안간힘을 다해 붙잡는다. 피로 얼룩진 교복 명찰에 굵게 박힌 글씨는 분명 내 이름이다. 창고 벽에 상체를 기대고 앉아 비웃는 안승범을 뒤로하고 옥상의 문을 짚는다. 무릎에 힘이 풀려서 금방이라도 주저앉을 것 같다. 하지만 확인해야 했다. 내 눈으로 보고 기억해야 했다.

안승범과 얼마나 오랫동안 옥상에 있었는지 모르겠다. 복도에 아직도 집에 가지 않고 꾸물거리는 아이들이 몇 명 보였다. 피를 뚝뚝 흘리며 걸어 나오니 다들 놀라서 쳐다본다. 나는 한 걸음 한 걸음 힘겹게 계단 아래로 내려간다. 서찬희는 학교 건물 뒤편으로 떨어졌다. 내 옆을 지나쳐서 총알처럼 튀어 나가는 내 모습을 볼 수 있다. 나는 그렇게 단숨에 서찬희에게 달려갔었다.

1층으로 내려와 숨을 고른다. 맞은 곳보다는 때린 주먹이 더 아팠다. 몸 전체가 힘없이 떨린다. 복도를 가로지르며 창문 너머로 교실 안을 힐끗 들여다본다. 양아영이 혼자 앉아 있었다. 알

록달록한 다이어리에 뭔가를 부지런히 적는 중이다. 여태까지 양아영이 남아 있을 거라고는 생각도 못 했기 때문에 반갑게 문을 열고 들어가려다가, 내 꼴이 말이 아니라는 걸 기억해 내고 동작을 멈춘다. 지금은 양아영을 보는 것보다 더 중요한 일이 있다.

서찬희가 뛰어내릴 거라고는 생각하지 않았다. 그럴 용기가 있다면 진작 안승범 패거리에게 맞섰을 거라고 여겼다. 하지만 때로는 겹겹으로 쌓인 고통이 말도 안 되는 결론으로 치달을 때가 있다. 나는 그걸 알지 못했다. 건물 바깥으로 나와서, 걸어간다. 서찬희가 떨어진 곳에는 아직도 지워지지 않은 핏자국의 흔적이 남아 있다. 여기는 원래부터 인적이 드문 곳이었다. 서찬희가 죽은 후에는 더욱 그랬다.

"기분이 어때?"

굳이 보지 않아도 누구인지 알 수 있지만, 나는 고개를 들고 말을 걸어온 상대를 본다.

"안승범 패니까 좋아? 이제 홀가분해?"

나는 대답하지 않는다. 대답을 할 필요가 없었다.

"왜 너를 몰라봤지?"

내가 묻는다.

"다른 사람도 아니고 널, 어떻게 너를 몰라볼 수가 있지?"

"자기가 누구인지를 아는 건 중요한 거야."

강준혁이 말했다.

나는 이제 더 이상 내가 어떤 사람인지 모르겠다. 나는 괜찮은 사람일까. 아니면 아예 못쓰는 사람일까. 강한 사람일까. 비겁한 사람일까. 안승범 같은 놈보다는 나은 사람일까. 그다지 나을 거 없는 사람일까. 모르겠다. 서찬희와 친구였던 때의 나는 그냥 단순한 놈이었다. 한결같았고, 복잡한 고민을 할 필요가 없었다. 그저 마음이 가는 대로 말하고 행동하면 그만이었다. 나는 서찬희에게 돌이킬 수 없는 아픔을 주었지만 동시에 자신에게도 깊은 상처를 남겼다.

부탁해. 서찬희는 말했다. 부탁해.

"이게 끝이야? 이렇게 끝나?"

내가 묻는다. 안승범과의 싸움은 내내 나를 괴롭혀 오던 계획이었다. 그러나 그동안 나를 지탱해 주고 있던 것도 바로 이 싸움을 향한 변변치 않은 나의 의지였다. 안승범은 쓰러졌다. 내가 이겼다. 막연하게 이런 상황이 오면 기분이 지금보다는 나아지지 않을까 싶었다.

내가 틀렸다.

"서찬희가 부탁한 게 있었지."

강준혁이 말한다.

나는 쓰러진 서찬희를 끌어안고 있는 나를 봤다. 애들이 이거, 가져가지 못하게 해. 찢지 못하게 해. 서찬희는 결국 죽는 순간까지도 믿지 말아야 할 놈을 믿고 있다. 너밖에 없어. 우리는 친구였다. 어느 순간부터 우리는 친구가 아니었다. 하지만 그런 건 서찬희에게 아무런 의미도 없었다. 전해 줘. 나는 서찬희의 손을 잡고, 서찬희가 건네는 봉투를 받아 든다.

"전부 다 없었던 일로 하고 싶었어."

내가 말했다.

"눈을 감았다가 뜨면 이게 모두 꿈이고, 다시 별일 없는 일상이 이어지는 거지. 교실 안으로 들어가면 거짓말같이 서찬희가 자기 자리에 앉아 있어. 나는 언제나 그랬던 것처럼 시시한 농담을 던지면서 그 옆에 앉아. 수업 도중에 양아영이 손을 들고 발표를 하면 내가 흉을 봐. 쟤는 뭔데 저렇게 나대냐고. 그러면 서찬희가 말하지. 나는 양아영 괜찮은 애 같다고. 나도 사실은 그렇게 생각하면서, 무슨 닭살 돋는 소리를 하냐고 정색을 해. 그리고 쉬는 시간이 오면 문득 생각난 듯이 이렇게 말하는 거야. 어제 진짜 무서운 꿈을 꿨다고. 니가 옥상에서 떨어지는 꿈이었다고. 서찬희는 웃으면서 말하겠지. 뭐 그런 바보 같은 꿈을 꿨냐?"

눈앞에 보이는 나는 안주머니에 손을 넣고 서찬희에게서 받은 부탁을 확인하고 있다. 서찬희가 거기에 무슨 말을 썼을지 불안해서 미칠 것 같지만 그렇다고 직접 확인해 볼 용기도 없다.

하루, 이틀, 시간이 흐른다. 너밖에 없어. 서찬희의 말이 가슴 속 어딘가를 계속해서 파먹었다. 어떻게 생각하면 이게 바로 최고의 복수가 아니었을까 싶다. 하지만 나는 서찬희에게 그럴 의도가 없었다는 걸 안다. 그래서 더 괴로웠다. 서찬희가 남긴 봉투는 날이 갈수록 무게를 더해 나를 짓눌렀다. 도망칠 수 없다. 그런 생각을 하면 주체할 수 없는 절망감이 심장을 움켜쥐었다.

트럭에 몸을 던지고, 전부 없었던 일로 하고 싶었다.

"이제 어떻게 해야 해?"

강준혁에게 묻는다. 강준혁은 차가운 눈으로 나를 보고 있다.

"네가 있어야 할 자리를 찾아."

강준혁이 말했다.

"싸워."

그리고 나는, 강준혁은, 돌아서서 걷기 시작했다.

12
싸우는 소년

산이 누나는 책을 읽고 있다. 제목을 보니 뭔가 복잡한 사회 이론을 설명하는 교양서적이었다. 겉으로 보기엔 책이랑 담을 쌓고 살 것 같은데 은근히 독서를 많이 한다. 그러고 보면 주 관장도 도서관에서 책 정리를 한다고 들었다. 권투하는 사람들은 다 책이랑 가깝나? 여태까지 살면서 내가 자발적으로 읽은 책은 기초 권투가 전부다. 다른 건 어쩌다 읽게 돼도 재미가 없어서 도중에 때려치웠는데 이건 끝까지 꼼꼼히 봤다. 정작 싸우는 데는 별로 도움이 안 됐지만.

창밖으로 들어오는 눈부신 햇빛이 조금씩 기울어 갈 때쯤 주 관장이 당근 주스를 한 묶음 사 들고 왔다. 산이 누나는 어차피 애가 먹지도 않는 거 뭐하러 사 왔냐고 타박했다. 주 관장은 내 눈앞에 손바닥을 몇 번 휘저어 보고는 새끼, 약해 빠져서는, 하고 한숨을 쉬었다. 잠시 뒤에 주 관장이 나가고 산이 누나는 다시 책을 읽는다. 첫 페이지를 넘긴 지 얼마 되지 않았는데 벌써 중간을 넘어가고 있다. 누나는 책을 굉장히 빨리 읽는 편이다. 아니면 제대로 읽고 있지 않거나.

"지난번 대회 말이야. 3위 결정전 결국 못 나갔어. 난 나가려고 했는데 찬영 오빠가 어찌나 화를 내던지. 나중에 동영상으로 봤는데 부전승으로 동메달 받은 애 되게 못하더라. 내가 나갔으면 그거 그냥 땄다."

산이 누나가 말했다. 나는 끝났다고 생각했는데 아직 3위 결정전이라는 게 남아 있었구나. 주 관장이 누나를 못 나가게 한 이유는 물어보지 않아도 안다. 몸을 회복하는 시간이 부족했기 때문이다. 그래도 산이 누나가 계속해서 체육관에 다니며 주 관장의 지도를 받는다면, 다음번에는 틀림없이 전보다 나은 경기를 할 수 있을 거다.

"어머니가 니 걱정 많이 하셔. 하긴, 우리 엄마도 내 걱정을 많이 했지. 그게 좀 지나쳐서 탈이었지만. 아이가 그렇게 되고 나서도 난 멀쩡하게 잘 살았는데……. 엄마가 말했어. 넌 절대 이런 일에 끼어들 애가 아니다. 내가 널 알아. 넌 잘못하지 않았어. 그런 엄마의 믿음이 나에게 얼마나 절실하게 느껴졌는지 넌 모를 거야. 맞아, 난 그런 애가 아냐. 난 잘못한 게 없어."

산이 누나가 혼잣말처럼 중얼거렸다. 그러나 나는 누나가 하는 말을 분명하게 듣고 있다.

"그리고 나는 찬영 오빠를 봤어. 교실에 찾아와서 애들한테 말하더라. 그렇게 살지 말라고. 그날 집에 와서 정말 많이 울었어. 깨진 유리를 도로 붙여 놓을 수 없는 것처럼 내가 이미 돌이킬 수 없는 일을 저질러 버렸다는 걸 깨달은 거야. 며칠 뒤에 몰래 엄마 지갑을 훔쳐서 집을 나왔어. 당장 갈 곳이 없는 날 받아 준 게 찬영 오빠야."

산이 누나는 담담하게 이야기한다. 눈물을 보일 것도 같은데 울지 않는다. 역시 누나는 내가 아는 사람들 중에 세 번째로 강한 사람이다.

"아무튼 니 얘기 듣고 난 좀 놀랐다. 싸움 배우려고 체육관에 들어온 거라며? 한심한 자식. 그래서 어떻게 싸웠어? 이겼어? 난 니가 이겼을 거라고 생각하는데, 찬영 오빠는 아니래. 우리 여기 다 돈 걸었다. 나중에 체육관 사람들이랑 너랑 다 같이 모여서 회식하자고. 그러니까 얼른 깨어나서 어떻게 된 건지 니가 말해 줘."

당연히 내가 이겼지. 나는 아무 말도 하지 못한다. 산이 누나는 씁쓸하게 웃고는 책을 덮고 밖으로 나갔다.

내가 왜 여기에 있을까. 나는 마음대로 움직이지 않는 몸에 쓸데없이 힘을 주는 걸 포기하고 생각에 잠긴다. 옥상에서 안승범을 때려눕히고 밑으로 내려온 것까지는 기억한다. 그리고 집으로 왔던가? 아니면 또 차에 치였나? 슬쩍 보이는 양손에는 깁스가 되어 있다. 손이야 안승범을 때릴 때 다친 거니 그렇다 쳐도 여기에는 왜 누워 있을까?

생각할 시간은 많았다. 엄마와 아빠는 교대로 찾아와서 새벽까지 뜬눈으로 내 옆을 지켰다. 두 분 다 하루 종일 일을 하고 온 게 분명한데 피곤한 기색은 보이지 않는다. 부모님한테는 어떤 초인적인 힘이 있는 것 같다. 나에게도 그런 힘이 있었다면 사는 게 훨씬 쉬웠을 텐데.

나는 깜빡깜빡 눈을 뜬다. 밤이었다가 아침이고, 새벽이었다가 점심인 날이 계속됐다. 산이 누나와 엄마, 아빠가 번갈아 가며 보였다. 주 관장도 가끔 찾아왔다. 그러나 어쩐 일인지 양아영의 모습이 보이지 않았다. 나는 내가 양아영을 몹시도 보고 싶어 한다는 걸 깨닫고 깜짝 놀란다. 도대체 양아영이 뭐라고.

내가 완전히 몸의 자유를 되찾은 건 보름의 시간이 흘러간 뒤였다. 마침 아무도 없는 때였다. 나는 손가락 끝이 조금씩 내 의지를 따라 꿈틀거리는 걸 느꼈고, 곧 감전된 사람처럼 벌떡 상체를 일으켰다. 몸이 녹슨 것처럼 뻑뻑했다. 아무것도 먹고 마신 거 없이 누워 지냈기 때문에 당장 입에 뭔가 넣고 싶은 욕구가 밀려왔다. 나는 석고로 싸인 두 손으로 힘겹게 침대 옆에 놓인 간이 냉장고를 열었다. 안에는 주 관장이 넣어 놨을 게 뻔한 빌어먹을 당근 주스만 가득 들어 있다.

"어머, 정신이 드셨어요?"

내가 움직이는 걸 본 간호사가 의사를 불러왔다. 키가 크고 뱃살이 두둑하게 잡힌 의사는 굵은 안경 너머로 이쪽을 관찰하며 몇 가지 의례적인 질문을 했다.

"환자분 이름이 어떻게 되지요? 기억이 나나요?"

"네, 당연히 기억나죠."

나는 내 이름과 주소, 그리고 나이를 말했다. 의사는 손가락뼈가 심각하게 손상됐지만 그게 문제는 아니라고, 지난번에 사고로 다친 머리가 다시 충격을 받아서 잘못될 위험이 크다고 설명했다. 의사의 말에 따르면 이제 나는 머릿속에 폭탄을 하나 달고 사는 셈이다. 굳이 돌이켜 보지 않아도 안승범한테 맞은 발차기가 원인이라는 걸 알았다. 맞을 때는 견딜 만했는데.

나는 보호자에게 연락할 필요 없다고, 저녁까지 기다리면 오실 거라고 했다. 의사는 경과를 더 지켜보자면서 밖으로 나갔다. 간호사에게 침대를 올려 달라고 부탁한 뒤 등을 기댄다. 안승범 그 새끼도 보름 정도는 누워 있었을까? 그렇게 맞았으니 대회는 못 나갔을 거다. 그거 하나는 뿌듯하다.

엄마는 내가 예상했던 것보다 늦게 병원에 왔다. 내가 일어나 있는 걸 보더니 소리 내어 울었다. 나는 당황해서 "그러지 마, 엄

마. 나 이제 괜찮아." 하고 우는 엄마의 어깨를 다독였다. 엄마는 한참 뒤에 진정하고 눈물을 닦았다.

"도대체 어떻게 된 거니? 누구한테 맞았어? 아빠가 범인 잡겠다고 난리도 아니었다. 너 길바닥에 쓰러져 있는 걸 학교 애들이 발견하고 구급차 불러서 여기 온 거야. 무슨 일이 있었는지 기억나?"

"기억나. 쓰러진 건 기억 안 나지만."

나도 모르게 앞니에 손가락을 대며 대답한다. 왼쪽 앞니가 3분의 2쯤 부러져 나간 게 느껴졌다. 웃을 때 조심해야겠구나. 안승범 씨발 새끼.

"누구야? 어떤 놈이 그런 거야? 아영이한테도 물어봤는데 확실하게 대답하지 않더라. 넌 누가 그랬는지 알지?"

양아영. 말하려면 얼마든지 말할 수 있었는데 그러지 않았다. 모르는 척한 거라고는 생각되지 않는다. 서찬희와 안승범, 그리고 나에게 무슨 일이 있었는지 제대로 설명할 수 있는 사람은 지금 학교에 아무도 없다. 오직 나만 그걸 말할 수 있다. 내가 말해야 했다.

"엄마. 내 교복 아직 집에 있지? 새로 산 거 말고, 전에 사고 날 때 입고 있던 거 말이야."

"있지 그럼. 니가 버리지 말라고 엄청 고집부렸잖아. 갑자기 그건 왜?"

"거기 안주머니에 중요한 게 있어. 아주, 아주 중요한 거야."

나는 잠시 말을 멈추고 엄마의 얼굴을 본다. 이제부터 내가 꺼내려는 건 정말 비참한 이야기였다. 자신만을 바라보며 살아온 부모를 배신한 등신 같은 아들의 이야기. 마음속으로 천천히 숫자를 센다. 심장 깊숙이 찔러 들어오는 아픔이 가라앉을 때까지.

하나, 둘, 셋, 넷…….

엄마는 내가 하는 이야기를 끝까지 들었다. 도중에 의견을 내거나 뭔가를 묻는 일도 없이 묵묵히 듣기만 했다. 나는 안승범이, 그 패거리가, 서찬희에게 무슨 짓을 했는지 낱낱이 말했다. 그리고 그때 내가 뭘 하고 있었는지도. 서찬희가 어떤 식으로 자신의 삶을 포기했고, 나에게 뭘 맡기고 갔는지도 전부 설명했다.

"우리가 너를 어떻게 키웠는지 아니?"

한참을 듣고 있던 엄마가 마침내 묻는다. 부드럽고 따뜻한, 평소의 엄마 말투다.

"죄송해요."

내가 말했다. 엄마는 손가방에서 물티슈를 꺼내 내게 바짝 앉는다.

"엄마한테 사과하지 마."

물티슈로 내 얼굴을 구석구석 닦아 주며 엄마가 말한다.

"엄마한테 그럴 거 없어. 엄마는 널 믿으니까. 아빠도 엄마랑 똑같을 거야. 우리 아들을 우리가 못 믿으면 누가 믿겠니? 네가 지금 많이 무섭다는 거 알아. 하지만 무서워하기만 해서는 안 돼."

여전히 얼굴이 떨어져 나갈 것처럼 우악스러운 손길이었다. 눈물이 줄줄 흘러나올 정도다. 엄마는 물티슈로 내 눈가를 오래오래 문질렀다. 나도 이제 다 컸는데, 열일곱이나 먹었는데, 아직도 이렇게 유치하다.

"네가 어떤 일을 했고, 앞으로 어떤 일을 하든, 넌 우리 아들이야. 엄마랑 아빠가 널 어떻게 키웠는지 잊어버리지 마."

엄마가 말한다. 건장한 남자도 하기 힘든 공장 일을 싫은 소리 한 번 내지 않고 묵묵히 하던 엄마. 관절이 다 닳고 만성 통증에 시달리면서도 입 밖으로 아프다 소리 한 번 내놓지 않던 아빠. 우리 부모님은 싸우는 어른이었다. 싸웠다.

나는 말끔하게 닦인 눈으로 엄마를 본다. 내가 아는 가장 강한 두 사람 중 한 명의 얼굴이 눈앞에 있다.

"잊어버리지 않을게."

내가 말했다. 엄마는 "그럼 됐다." 하고 웃었다.

방학이지만 보충수업 때문에 다들 제대로 놀고 있지는 못할 거다. 또다시 병원에 갇혀 지내는 건 싫었지만 덕분에 편하게 쉬는 건 좋았다. 지난번과 다른 게 있다면 이제 언제든 퇴원할 수 있다는 점이었다. 이틀 정도 지켜보던 의사는 다행히 별다른 징후는 보이지 않지만 앞으로 조심해야 한다고, 굳이 입원해 있을 필요 없으니 집에 가도 괜찮다고 했다. 그러나 엄마는 내가 정신을 차리자마자 퇴원하는 게 못내 불안한 눈치였다. 결국 나는 며칠만 더 병원에서 지내기로 했다.

내가 부탁해서 엄마가 가져다준 양아영의 노트 뒤에는 또박또박 써 놓은 전화번호가 박혀 있다. 나는 한참 동안 고민하다가 복도로 나가 깁스한 양손을 맞대고 어렵게 수화기를 들었다. 휴게실에 비치된 공중전화는 카드식이라 아래층까지 내려가서 전화카드를 사 와야 했다.

양아영은 내가 깨어났다는 소식을 산이 누나를 통해 들어서 알고 있었다. "왜?" 하고 쌀쌀맞게 묻는 양아영에게 "보충수업은 수업 아냐? 그건 왜 노트 안 만들어 줘?" 하고 말도 안 되는 소리를 했다.

"몸도 멀쩡하지 않은 애가 왜 그런 바보 같은 싸움을 해?"

"화났어?"

"그럼 화가 안 나? 싸움은 니가 했는데 왜 내가 니네 어머니한테 죄송스러워해야 돼? 내가 말릴 수 있는 것도 아니었는데. 니가 멋대로 벌인 일이잖아."

"어, 미안."

나는 갑작스러운 양아영의 질책에 당황해서 얼빠진 사과를 한다. 양아영은 잠깐 말을 멈췄다가 여전히 화가 난 목소리로 쏘아붙였다.

"이제 나도 너 상관 안 할 거야. 학교 와도 말 안 걸어. 나도 내가 참 귀찮은 애라고 생각해. 그러니까 그만할래."

"그만하지 마."

나는 수화기를 귀에 바짝 붙이고 말했다.

"보고 싶어, 양아영."

이걸 정말 내가 말했나? 나조차도 놀랄 만큼 차분한 고백이었다. 양아영도 놀랐는지 수화기 저편에서 말이 뚝 끊어진다. 심장이 폭발할 것 같다. 누가 들은 건 아니겠지? 나는 고개를 돌리고 주변을 살핀다. 휴게실에는 무료한 표정으로 TV를 보거나 컴퓨터를 하는 사람이 드문드문 앉아 있을 뿐이다. 이쪽을 보고 그게 뭔 지랄이냐? 하고 웃음을 터뜨리는 사람은 없다.

"뭐라고 했어?"

몇 초의 침묵이 몇백 시간처럼 느껴진다. 양아영은 몇백 시간 정도 뜸을 들인 후 이렇게 물었다. 나는 헛기침을 하고 공중전화에 이마를 댄다. 차가운 금속이 뜨겁게 달아오른 얼굴을 약간 식혀 주었다.

"아무 말도 안 했어."

내가 말한다.

"아냐, 방금 뭐라고 했잖아. 뭐라고 한 거야?"

"아무 말 안 했다고."

"그래? 그럼 끊을게."

그리고 정말로 전화가 끊어졌다. 나는 멍청하게 서서 수화기를 들고 있다. 양아영이 이렇게 나올 줄은 몰랐다. 한 번만 더 말하라고 하면 말해 줄 수도 있었는데. 끝까지 손발이 안 맞는 계집애다.

병실로 돌아와 침대에 앉는다. 양아영 때문에 목이 바짝 타들어 갔다. 냉장고를 열고 당근 주스를 꺼낸다. 환자한테 사 줄 게 이따위 거밖에 없나. 옆 침대에 앉은 사람에게 부탁해서 뚜껑을 따고 한 모금 마신다. 그런데 어찌 된 일인지 맛이 나쁘지가 않다. 새로 나온 상품인가 싶어 병을 확인했지만 예전에 주 관장이 사 온 것과 똑같은 주스였다. 순수한 당근으로 100퍼센트. 들어가는 품종을 바꿨나? 한 병을 다 마신다. 어쩌면 증오해 마지않던 당근이랑 처음으로 화해를 하게 될지도 모르겠다.

빈 병을 치우고 자리에 누워 눈을 감는다. 아무 생각도 하고 싶지 않았지만 머리가 터져 나갈 것처럼 많은 생각이 밀려들었다. 전에 잡았던 목표는 안승범과 싸우는 것뿐이었다. 그러나 앞으로는 그것보다 더 많은 일을 해야 한다. 산이 누나에게 내기에서 이겼다고 알려 줘야 하고, 주 관장한테 싸우는 법을 가르쳐 줘서 고맙다고 전해야 한다. 수 간호사에게도 할 말이 있다. 수 간호사를 찾아가는 김에 박 할아버지도 뵙는 게 좋겠고. 아, 도도새 아줌마한테 박 할아버지가 했던 말을 전해 줘야 되네. 그걸

다 한 다음 학교에 가서 염병할 놈의 안승범이 내 덕에 얼마나 병원 신세를 졌는지 알아볼 거다. 그러고 나서 양아영한테 빌어야겠지. 이번에는 내가 먼저 다가가서.

그리고, 그리고…….

그리고 찬희야. 너에게 받은 부탁을 해결할 거야. 너무 오랫동안 모르는 척 도망치고 있었던 일을. 나약한 내가 차마 할 수 없었던 전달을. 부탁해. 너밖에 없어. 나는 눈을 뜨고 천장을 올려다본다. 이제 나는 그때 내가 서찬희에게 했던 말을 완전히 기억한다. 걱정하지 마. 내가 할게.

"내가 할 거야."

석고로 감싸인 손가락을 쥐고 위로 쭉 뻗는다. 나는 서찬희의 아버지가 원하는 진실을 모두 전할 것이다. 하나하나, 빠뜨리지 않고. 그러기 위해서는 계속해서 싸워야 한다. 비겁하게 고개를 드는 온갖 변명들, 핑계들을 쓰러뜨려야 한다. 미래에 어떤 일이 닥쳐올지는 아무도 모른다. 그러나 분명한 것은 어쨌거나 내가 앞으로 걸어갈 거라는 사실이다. 더 이상 도망치지 않고, 싸우면서.

이렇게 시작한다.

후기

하나.

나는 모른다. 나는 사람들을 모른다. 무엇 때문에 즐거워하고, 무엇 때문에 고통스러워하며, 무엇 때문에 계속해서 살아가는지. 모른다. 그걸 아는 것이 글을 적는 사람의 의무가 아닐까, 싶었던 때가 있다. 이제는 그런 생각을 하지 않는다. 평생을 걸쳐 노력해도 알 수 없는 것이 있다. 나는 아마도 계속, 모를 것이다. 나는 당신을 모른다. 그래서 내내 아팠다.

둘.

소설의 5분의 1쯤은 큰아버지의 병실에서 적었다. 밤중에 화장실에 가고 싶은데도 잠을 깨우기 싫어 눌러 참던, 분이었다. 글은 나 썼니, 하고 여러 번 물으셨다. 그때마다 쓰고 있어요, 하고 대답하는 게 싫었다. 그게 큰아버지에게 들은 마지막 말이 됐다. 나는 소설의 5분의 1보다 더 많은 부분을 큰아버지에게 빚졌다. 후기를 완성함으로써 조금, 그 빚을 갚을 수 있게 되지 않았나 싶다. 만일 나에게 이 글을 통한 뭔가의 영광이 주어진다면, 아주 작은 것이라도, 온전히 큰아버지에게 드리겠다.

셋.

언제나 지지를 보내 주는 아버지, 어머니에게. 가장 먼저 읽고 도움을 준 동생 원세에게. 문장의 사막 속에 구겨진 채 가라앉고 있던 나를 끈질기게 파내 준 유영진 선생님에게. 책의 가장 끝 페이지, 꼼꼼하게 이름이 올라 있는 분들에게.(이제 나는 책의 끝 페이지를 유심히 읽는다.) 그리고 당신에게. 고맙다. 생각하고 있는 것보다 더.

넷.

나는 안다. 나는 사람들이 싸운다는 걸 안다. 아주 많은 사람들이 지금 이 순간에도 싸우고 있다. 그리고 당신도, 싸운다. 만일 그 싸움이 우리를, 우리의 관계를, 우리가 사는 세계의 풍경을, 조금 더 괜찮은 것으로 만들어 주는 싸움이라면. 그런 싸움을 위해 이 글을 썼다. 이겨야 한다. 무슨 수를 써서라도. 건투를 빈다.

2015

싸우는 소년

1판 1쇄 2015년 5월 4일 | 1판 4쇄 2017년 6월 1일

지은이 오문세 | 펴낸이 염현숙
책임편집 원선화 | 편집 엄희정 이복희 | 디자인 이은하
마케팅 정민호 나해진 김은지 | 홍보 김희숙 김상만 이천희
제작 강신은 김동욱 임현식 | 제작처 미광원색사(인쇄) 중앙제책사(제본)
펴낸곳 (주)문학동네 | 출판등록 1993년 10월 22일 제406-2003-000045호
주소 10881 경기도 파주시 회동길 210
전자우편 kids@munhak.com | 홈페이지 www.munhak.com
카페 cafe.naver.com/mhdn | 페이스북 facebook.com/kidsmunhak | 트위터 @kidsmunhak
대표전화 (031)955-8888 | 팩스 (031)955-8855
문의전화 (031)955-8890(마케팅) (02)3144-3238(편집)

ISBN 978-89-546-3602-5 03810

이 도서의 국립중앙도서관 출판예정도서목록(CIP)은 서지정보유통지원시스템 홈페이지(http://seoji.nl.go.kr)와
국가자료공동목록시스템(http://www.nl.go.kr/kolisnet)에서 이용하실 수 있습니다.(CIP제어번호: CIP2015011129)